所在

黃明峯

臺語

現代詩選

目　次

輯二 ▶ 暗光鳥

輯三 ▶ 暝後的露水

輯四 ▶ 光佮影的記持

寫詩是一種值得囂俳的婿氣
——讀黃明峯《所在》臺語現代詩選
李進文／詩人

新一代的臺語現代詩

黃明峯的「所在」有多種含義。「你，猶原，佇這个所在／繼續寫詩」，「你」既指詩人，亦指「臺灣」這個島嶼四百年來寫自己的史詩，甚至「世界——永遠是一片曠闊閣神祕的所在」（〈夢想的鼷鏡〉），詩集裡不同內容卻同樣命題為「所在」就有三首詩。

「所在」是過去、現在、未來的空間方位，是真實與虛擬的境地和境況，是生命中有聲或無聲的所在，是他思索問題的所在——「便若是恬靜的暗暝啊……／檢采（說不定）有人會想起伊，想欲知影／鐵窗內，失蹤的七首詩／到底是啥款的風景？祕密／到底，是毋是藏佇歷史／猶原無人知影的，所在」（〈所在——我讀楊華，鐵窗內的《黑潮集》〉）。詩人的心內和字句間「逐所在（隨處）」都是對於他者、土地、人間的提問和愛意。

他的「臺語現代詩」（以下我有時簡稱「臺語詩」），精確、優雅而傳神，甚至有的發音必須是「巷仔內」的行家才能道地讀出。他熟稔地掌握臺語文的聲腔、語感和節奏，尤其要緊的是，

他以自己「所在」的新世代思維和美學，開闢臺語詩的新風景，讓臺語詩具備網路時代的觀點和當代的技藝，自由詩體在他的臺語詩中鮮活靈動，不再侷限於韻文或雅歌，打破一般人對臺語詩的印象。

保羅・策蘭（Paul Celan）說：「用一把可變的鑰匙／打開那房子」，黃明峯嘗試用一把現代詩美學的鑰匙，打開臺語現代詩的種種可能。

黃明峯是臺灣「六年級生（一九七〇世代）」，本身也寫華語詩，但主要勠力於臺語詩的書寫和鑽研，攤開他的臺語詩創作得獎紀錄，相當輝煌，在一九七〇後的世代中，他是一個頗為特殊的「異類」或「另類」。

早前的臺語詩，有許多憂怨悲情、為不公不義而激憤發聲，通常源自於詩人真實的經驗和感受，因為太痛、太切身，籠罩在日治或戒嚴的氛圍之中，很難保持詩藝上的「美學距離」。文字較執著於聲韻，且受到歌詞的牽絆，慣性留意押韻、字數、句數和段落的安排。但「華語現代詩」自「五四」白話文運動之後，尤其在臺灣這塊土地上無論是「縱的繼承」或「橫的移植」，都以飛快的腳步追求各種形式的試煉、衝撞既有的華文傳統美學。臺語現代詩相較來說，語言的實驗性、前衛性和先鋒性比較溫和緩慢。

之所以緩慢，我想，部分緣於牽絆或誤解。「語言」本身只是思想內容和藝術形式表現時的「手段」罷了，儘管不同的語言特質會影響呈現方式，但不應該因為它是華語、母語、外語而有藝術上的分別。

臺灣少數前行代，以及「四、五年級生」對臺語詩亦曾努力

革新和倡議，尤其在一九八七年解嚴後，擴大了雅、俗語言的兼容並蓄，試著融入時代的新意象。但是，臺語詩並未形成如同「華語現代詩」曾經的文學論戰，亦未深涉八〇年代世界性的民主狂飆、思想顛覆和解構，以致仍在傳統抒情範疇。關於臺語詩的歷史脈絡與沿革非我擅長，我僅憑個人的粗淺印象，難免有所不妥。但因為要談黃明峯「現在」的臺語詩，勢必得先略提「早前」，才能對應思考。

對黃明峯以及他的世代來說，前行代的苦難，距離是遙遠的，這正好是他書寫臺語詩的優勢。因為詩必須保持一種我稱之為「刺蝟法則」，亦即「心理距離」，詩人與詩彼此離太遠無法傳情取暖，偎太近則容易刺傷。尤其當要重塑人物、穿梭歷史事件，更必須在剛好的距離之外，才能看清時光的入口、找到新的視角，再以自己時代的語言，寫出當代的臺語詩。

自二〇〇三年黃明峯第一本華、臺語詩集《自我介紹》，歷二〇一四年的《色水・形影・落山風的聲》臺語詩，來到二〇二四年的《所在》詩集，經過漫長的二十年，才總結了他對臺語現代詩第一個階段的努力成果。

特色的「所在」

臺語詩之所以會有「既成印象」，可能源於書寫者的慣性，這慣性反覆加強讀者的刻板印象（「臺語詩都嘛是這樣！」）。然而，詩人必須要有先鋒開路、不安於所在的性格，去打破慣性。黃明峯的臺語詩就是嘗試去打破，讓臺語詩不再如傳統的習以為常。因為打破（結構），詩會發生陌生化（亦即「反熟悉」），去衝擊讀者的感受。

所謂慣性就是「自動化」，「陌生化」就是破壞慣性。現代詩的發展就是自動化（慣性）與陌生化（破壞慣性）兩者一直反覆衝突與更新，而達成精進。

我概略地從《所在》抓出黃明峯臺語現代詩的特色，羅列我個人認為的重點：

● 寫人

這是《所在》最鮮明的特色——以詩為臺灣的「典範人物」塑像，這和詩人路寒袖臺語詩中有不少為基層百姓「寫傳」不太一樣，各有擅場。典範人物的書寫，「前置作業」複雜，因有龐雜的背景、人物糾葛，以及歷史典故。我們自稱「臺灣人」，在黃明峯詩中應是「臺灣·人」，他將臺灣與人物聚合為一部獻給島嶼的「傳記」或「史詩」，其間蘊含歷史知識和看見臺灣的視角。

● 說故事

黃明峯說：「愛聽故事的人，攏有一粒柔軟的心。」他敘事和結構能力極佳，且秉持詩質的語言來說故事。自從臺灣大型文學獎不再徵選長篇敘事詩，加上網路流行輕薄短小，臺灣寫詩者似乎愈來愈不擅於「說故事」。一首詩在看不見的底層必須如伏流般隱含「有血有肉有情緒」的故事，以真實和真摯為底蘊，透過想像力轉化為詩，方成動人的意象。即便「魔幻寫實」，魔幻是外在藝術形式，「寫實（或真實）」必須是它的內在故事。

● 切片

他把複雜的事件，抽絲剝繭，找出一個新視角、切入點，由小寫大，書寫時「不貪多」！不塞太多東西是重要的，不少以詩寫歷史題材的作品，急於交待前因後果，或者忍不住羼雜過多情緒。但黃明峯往往技術性地找出一個最鮮明的「切片」，或說是一個「要害」，再布置細節，甚至只寫氛圍，巧妙善用現代詩的技藝，走筆自信從容。

● 優雅的簡潔

他的文字不拖泥帶水，情緒不多不少，不作太多說明，剛剛好就是最好。通常只「顯示」人事物細節，或提問，而不加以「解釋」，不解釋的意思，反而是更多的意思。有時採用影像剪接，讓讀者參與，自行腦補和重建影像裡的故事，製造劇情張力、歧義性，不同的人來讀有不同的領會。

● 同頻共振

詩重要的是傳達感受，以及同理心。我始終認為，詩不一定要有意義——但一定要有意思，亦即讓人感同身受，只有同理心才能激活詩人和讀者間不可言傳的情緒。即便書寫的題材是歷史上巨大的冤屈，他也能管控抒情，娓娓流洩，將自己化作詩中少年或老歲人的口吻，不急不徐地述說，達成共感。

● 臺語詩＝現代詩

他以當代的新詩意象寫臺語詩，且嘗試用多種形式與臺語結合。不少詩作融入臺語獨有的音質語感，將傳統臺語詩的韻律（或聲文）以現代詩的「音樂性」實驗之，他精準用字、喻語活跳、節奏雅緻，不時注入智性（知識），擴大抒情詩的定義，讓臺語詩等同於現代詩，不只侷限於懂母語的小眾，即便不熟悉臺語，緩緩讀來亦能接收到他傳達的心意。

「他者」的書寫策略

張愛玲《流言》：「他們花費一輩子的時間瞪眼看自己的肚臍，並且想辦法尋找可有其他人也感到興趣的，叫人家也來瞪眼看。」意思是，世界這麼大，別只關心「我」自己。

詩需經由「他者」才能看到真正的自我。他者——既指他人，亦指其他物象（色彩、聲音、觸覺等等）。王國維《人間詞話》：「有我之境，以我觀物，故物我皆著我之色彩。」從外在現象反映內心，透過寫物、寫現實，賦予想像力，而成象徵。所以詩人學者簡政珍在《臺灣現代詩美學》也說：「語言以物象的觀照為基礎……它映照了詩人和外在世界的對應，以及兩者之間相互的依存。」

黃明峯對「他者」有出色的書寫策略，亦是一種對他者的關懷和悲憫，尤其是寫人（他人）——主要集中在〔輯一　所在〕和〔輯三　暝後的露水〕，以及包括〔輯二　暗光鳥〕書寫〈日曜日式散步者〉亦即風車詩社同仁及其時代。〔輯一〕寫給白色恐怖受難者最精彩，同時也都是他獲得文學獎的作品，〔輯三〕

寫臺灣各領域的前輩藝術家，即便是最後的〔輯四 光佮影的記持〕寫前輩畫家所繪的高雄地景，因畫作來自於畫家之手，所以廣義地說亦是寫人（他者）。

《所在》為人物塑像，包括臺灣歷史人物、藝術家、畫家——這是我前面提及的一大特色。〔輯一〕寫楊華、蔡瑞月、楊清溪、王雨卿、黃溫恭、施水環、江文也、史溫侯（Robert Swinhoe）、藍明谷和張阿冬夫妻，柯旗化和蔡阿李夫妻。每個人物都有深沉的歷史背景，而詩要用最少的文字來敘述，本身就是一大挑戰，黃明峯則能因應不同的對象，採取不同的書寫方法。

試舉〈所在——寫予「玫瑰古蹟」佮蔡瑞月老師〉為例，他以舞臺形式，一幕一幕揭開蔡瑞月的人生。進入幽暗的歷史隧道，仍飽含勇敢向前行的生命力。「練習用身軀寫一張批予家己，佇慣勢的所在／免憢疑，舞蹈是一支鎖匙，會使拍開謎題／揣著空喙」，將她投身一輩子的舞蹈當作一把鑰匙，去打開白色恐怖那道巨大的謎題，然而找到的，卻是傷口……

寫白色恐怖時代的受難者柯旗化、蔡阿李翁仔某（夫妻），採書信體。柯旗化寫信給妻子，穿插詩人寫信給櫳仔內（監牢中）的柯旗化，後設虛構又自然真實，而他只是呈現柯旗化的日常細節和心情，沒有控訴、沒有激動，卻格外令人揪心：——「阿李：寄來綠島的藥品、相片佮你的掛念／攏總收著矣。不而過，我的思念／全款遮爾狡怪，猶原醫袂好勢／昨暝，眼夢又閣幽幽仔疼／跤步愈來愈沉重的海風，佇櫳仔外的樹跤／躊躇規暗——到底，敢欲陪伴彼个／空喙發癀的月娘，繼續孤單？」

同樣只呈現細節裡的小心情，將壓抑的親情擰出水──〈第六十九批──寫予白色恐怖時代的受難者施水環〉，後人從出土遺物中發現這一封書，有題而無內容，因為寫信的那一日施水環被槍決，結束三十二歲的無辜生命，袂赴寫的內容由歷史和詩繼續寫落去……「親愛的母親：什麼攏無的滋味／特別心悶你寄來的麵茶佮鹹梅仔／特別懷念故鄉，黃昏的日頭光／燒烙燒烙，照著你我」。

　　〈斷章：聽，江文也〉這首詩則使用不一樣的形式，夾散文化的組詩，沿途融入臺灣景緻，成為音樂節奏的一部分，於是「五分車，一節一節，唱著糖甘蜜甜的歌聲」。他用音樂家的日常，讓江文也予人一種清風明月、人生如夢之感，即便苦難一直來，江文也一直樂觀地認定那座美麗的「白鷺之島」的血液無比優秀，「我抱著它而生，終將死去。」──「親像一蕊花（恬恬仔媠，恬恬仔死）／性命，本底有開有謝／親像一場夢（無張無持，無啥道理）／睏醒，袂記得色水」，他始終與白翎鷥島嶼（臺灣）有著血脈的聯繫。

　　此外，〈跤跡〉和〈夢想的諏鏡〉則像是博物志，或臺灣生態詩。〈跤跡〉寫史溫侯──英國第一位駐臺外交官，他同時也在臺灣從事動物學研究，是最早以科學方法記錄臺灣昆蟲的研究者。寫博物學家王雨卿，從厚重（歷史和知識）之中條理出一種輕盈，遞出渲染力，與讀者一起探究生命的源頭、尋索咱的島和世界。讀者還能多識臺語文的草木蟲魚等等「他者」呢！儘管寫法多樣，但黃明峯始終以融入和化身「他者」為前提，將心比心地關懷「他者」，而他者同時也會映照出真實的自我、思想的自我。

特別要提〔輯三〕的部分作品，以及〔輯四〕寫前輩藝術家、畫家在高雄所繪的風景。此處的「他者」書寫策略，我稱之為「美術詩」的形式。這輯是二〇二二他書寫高雄創作計劃中的其中一輯，配合高雄市歷史博物館「印象高雄」線上展的「畫框裡的風景」，我特別有共感。因為二〇一一年我曾與高雄美術館合作〔詩與藝的邂逅〕詩畫展，對「美術詩」的定義，我認為詩與畫（或藝術品）可以兩相互動、提升、詰辯和再生。不侷限於「地景詩」，而必須是從詩與畫與畫家（人）的關係切入。

　　黃明峯用臺語詩與畫進行對話，以〈雲，走去佗？──張啟華《旗后福聚樓》〉為例，「福聚樓」約於一九〇〇年由福州人「萬發仔」在旗津開設，是高雄酒家（菜店）的濫觴。畫面中福聚樓外的牆面，映染著黃昏的流金，華燈初上，路人悠遊於街道，樓前行人或蹲或立，狀似閒暇。街道盡頭轉彎處，數人駐足圍觀一位畫家寫生（依張啟華生前所述，此人為知名畫家廖繼春）。張啟華個性豪邁，不拘小節，黃明峯以雲喻之。「雲／有的走去廖繼春的畫／有的佮鄉親講話／賰的，酒醉矣／無張持走去──／捼／／捼福聚樓的歷史／鹹鹹，洘洘／牢佇菜店的外壁」。那朵醉了的雲，是飄撇的張啟華。

語字的臺灣農場

　　詩人不是從才氣中蹦出的，而是時光雕刻出的。前面我概略談了黃明峯臺語現代詩「特色的所在」──寫人、說故事、擅於切片、臺語文優美而譬喻精準、內容與讀者極易共鳴，且盡力讓「臺語詩＝現代詩」而不只是小眾的母語詩歌……這些思索和技藝，在他二十年來的創作中積累，逐漸自成一座私人的、亦是詩

人的「語字農場」。

　　詩人必須──擁有一座自己的「語字農場」系統。在農場中研發、養成特殊的生態，語字彼此物競天擇；詩人在這裡勤懇操勞、實驗改良、休養生息。因著寫詩是一種勞動，也是「意匠（いしょう）」的修煉。在這裡，詩人樹立或改變自我生命的風貌和風格。

　　「農場」的優良，不取決於物種的多寡，換言之，不在於數量（寫作量和出版量），而在於物種的品質、品管和特殊性。農場不能自給自足就好，它是經濟體，可以定時限量對外開放體驗、定時關閉休養生息，而出版詩集則是產銷合作、分享推廣……

　　他在這座自己的臺灣農場「所在」，經營多年。以〈日曜日式散步者〉為例，這首詩對臺語詩來說，形式和語言都極具實驗性，他試圖架設一座「磅空（隧道）」，通往風車詩社、通往一九三三年日本統治下的臺南、通往超現實藝術。

　　「夢是通往潛意識的大道」，風車詩社及其時代是臺灣超現實主義（surrealism）詩風的起點，他們曾遭遺忘，埋藏於歷史的礦脈，彷彿一塊被禁錮的琥珀。直到一九七〇年代末，他們再度被發掘，卻依然熠爍著青春倔強的三〇年代新精神。黃明峯在新世代的同儕中寫著臺語現代詩，如同日曜日式的散步者是一株「奇異花朵」。

　　我們可以猜想那個日曜日（禮拜日）的情境──燠熱午後，一名路人散著步，無細膩之時，他的「腦袋」被載到臺中美術館，隨後從他掉落的手提袋跳出一隻布紐爾超現實的《安達魯之犬（Un Chien Andalou）》，彼隻失蹤的安達魯之犬，又在他蒙太

奇般剪影的心思中躍入壁面的影片裡……我們知道布紐爾的影片中其實一隻「犬」也沒出現，卻在這裡的詩中出現，黃明峯的詩和布紐爾的影，不同文本相互指涉、介入、融合，整部剪影（詩）最終隱喻著、指向著以楊熾昌為首的風車詩社同仁們執行「反對想法的想法」、擁有「自由鮮沢的靈魂」，以及他們對時代的叛逆。日曜日式的散步者走跳一種造反時代、抵抗語言的姿態。
——黃明峯嘗試以超現實的夢境和自由聯想，透過影像拼貼，挑戰臺語詩的傳統。

在這語字的臺灣農場，他培育自己的品種，〈花開，有聲——寫予林玉山《蓮池》〉的句式優雅自在、充滿臨場感的細節，魔幻似的白翎鷥一腳踏出就穿越時光回到過去——「斟酌看：有幾尾魚仔小可仔著生驚／一隻白翎鷥，目睭金金，跤底輕輕／踏入一九三○年，熱天的蓮花池／水汰，一輾一輾，汰開故鄉的芳味／親像島嶼的記持，拄拄好，清醒」。

佇遮——在這本詩集，他練就一種技藝：面對沉重的歷史，他舉重若輕；面對複雜的情緒，他用恰好的譬喻來化解，筆勢泰然自若。好比〈軟晡——詹浮雲《愛河餘暉》〉，畫中以暖色為主，寒色為輔，愛河的黃昏景象是安謐的，但在他筆下卻活靈活現：「恬靜的河面／已經準備收束／一日的攪吵」。而〈黃月娘——蔡水林《月夜》〉：「一日，六千兩百個／念頭，到尾／攏親像月世界的尾頭山／寸草，不生」，將雜亂的心緒生滅，轉換成一絲禪意；在灰與藍交揉的天地間，「黃月娘／是一粒圓滾滾的詩／金鑠鑠，焙出一條路／㧒領咱的心／繼續行」。還有，他三言兩語道出歸隱田園的作家陳冠學之形象，近乎一筆入魂：「西北雨的個性／直來直去／靈魂遐爾瘦抽閣遐爾硬掙／拒絕／佮一

個無熟似的世界做伙」。

　　黃明峯的所在內，「寫詩的人」是暗光鳥，唱出性命的歌聲，安慰流逝的年華，暗光鳥也自問：「為啥物寫詩？何乜苦創治家己？」詩人雖自苦，卻也自豪地說，即便寫到人生的終站，「死──嘛是一種值得囂俳的婿氣。」

　　他在自己的臺灣語字農場系統裡孜矻勞動，感受〈四季〉：「焦黃的喘氣聲／是草埔的　風／／烏趖趖的暗暝／是時間的　湧／／思念的配色／是曠闊的　海／／雞啼進前／是驚惶的夢」，這些都是伊家己意愛的心情、歡喜甘願的境況。耕字墾句的農暇，他啉一杯茶，哼自己的歌，款款寫批信告訴世界，關於「島嶼迢遠的傳說佮故事」。

旅遊定律裡的時間景深：讀黃明峯《所在》

鄭慧如／逢甲大學中文系教授

　　黃明峯的《所在》，是臺灣現代詩界從二十一世紀迄今，匯集作者個人臺語現代詩大獎作品最多的詩集。就文學獎的徵獎與評選層面而言，《所在》是臺灣臺語現代詩獎的典範。在臺語現代詩的發展上，《所在》從受難文人的故事開端，發展出以藝術家及其作品為主軸的書寫。在書面化的臺語與文學的鏈接方面，《所在》落實、發揚曾經的「河洛方言」，兼致古意盎然與俚諺妙趣，美不勝收。在臺語邁向標準化的過程裡，《所在》就像一鍋熬煮多年的老湯，釋放了藏在喧嘩眾聲裡的古言舊語，使得臺語文學創作不再局限於耳朵的鄉愁。

　　《所在》是一本計畫導向、題材明晰、自帶得獎光環的臺語現代詩創作。異於明峯的前兩本詩集，《所在》的系列性、標竿性更強。全書四輯、每輯十首，共四十首集結而成的《所在》，不僅是一本臺語現代詩集，而且累獲重要文學獎項，是臺語現代詩的得獎指標。不計中文現代詩獎，明峯累積在臺語現代詩獎的紀錄，包括連續三年獲得「臺灣文學獎」的首獎（二〇二一－二〇二三）、兩度「教育部閩客文學獎」首獎（二〇一九、二〇二一）、「吳濁流文學獎」首獎（二〇二一），以及「嘉義市文學獎」首獎（二〇二〇）、「台南市文學獎」首獎（二〇一六）、「高雄市文學獎」首獎（二〇二〇）、「屏東縣教育處

閩客文學獎」首獎（二〇一九）、「台文戰線文學獎」首獎（二〇一八）；早於本世紀，明峯也曾拿下「鹽分地帶文學獎」首獎（一九九九）。明峯規劃《所在》的調性，翻開書第一輯，就是各大文學獎臺語詩首獎作品的合輯，二、三、四輯則為刊登在各詩刊、雜誌、首獎以外的得獎作品，與「二〇二二書寫高雄文學創作獎助計畫」的已完成詩作。

　　《所在》的得獎詩作，呈現顯著的公共意義。此處的「公共意義」稍作演述，指的是作品中那個故事的主角，與該詩的寫作者黃明峯往往互不相識，而明峯的詩筆，經常貼著歷史文獻，採取某個畫面，描繪圍繞著來自資料的軼聞或情節。

　　《所在》詩寫的人物，共計楊華、蔡瑞月、楊清溪、王雨卿、柯旗化夫婦、施水環、黃溫恭、藍明谷夫婦、江文也、楊熾昌、黃土水、黃清埕、林玉山、陳進、黃海岱、廖瓊枝、呂赫若、黃勁連、陳冠學、倪蔣懷、張啟華、廖繼春、小澤秋成、宋世雄、詹浮雲、洪傳桂、蔡水林、陳文龍、林智信、Robert Swinhoe。他們在《所在》中，相當具體系，是明顯的計畫寫作。讀者可以發現：

　　一、這些人物大多為戒嚴時期以前、以日據時期為主的臺灣知識青年。除了 Robert Swinhoe、少數仍在世的文學創作者如黃勁連，以及為「書寫高雄獎助計畫」而產生的當代臺灣高雄地區畫家以外。

　　二、詩集裡所寫的這些知識青年，經常反映臺灣在白色恐怖時期的政治氛圍，或詩中主角因政治牽連而受難的事件。尤其幾首得獎的詩作，主角經常以政治犯的面貌在詩行出現。

　　三、詩集所寫的人物，集中在濁水溪以南。

　　四、以「歷史文獻中的臺灣文人」為書寫對象的臺語現代詩，

傳達作者對臺灣主體性的認同、反殖民、反白色恐怖的思想；而這些從作品中透出的意識形態，有逐漸淡化、趨近以世界觀為視域的傾向。

五、《所在》詩寫的人物極少重複。

六、書寫這些文獻材料中的臺灣文人，黃明峯經常聚焦在某一特定事件或畫面，就那個定點的前後時間推展輻射，鋪陳符合歷史記載而無傷大雅的想像。

七、注釋，在這些針對臺灣文人的現代詩書寫中，獨具意義。讀者之所以確定哪首詩寫的是誰，而這位詩中人在臺灣歷史語境中又居何種位置，完全仰賴每首詩的第一個腳注。

以上七點，凸顯臺灣大型臺語現代詩文學獎中，《所在》詩作之所以得獎的形式要件。

首先，一首詩有沒有注釋，不影響它的藝術價值，然而做為角逐文學獎的作品，放在該詩的第一個注釋，作用在於作者的現身說法，以證詩出有據，主要提供評審閱讀，方便評審按圖索驥。抹去這些詩的第一個注釋，讀者將無法對號入座，而〈第六十九批〉是否與白色恐怖時代的受難者施水環有關、〈高雄號〉難道不可能是作者天馬行空的想像，而一定就寫的是臺灣第一位擁有私人飛機的空難罹難者楊清溪、〈「你對佗位來」〉是否就如注釋鎖定那般，與藍明谷有一對一的關聯，這些都將不具必然性。

其次，經常選擇稍顯僻冷而仍保存於文獻中的人物為參賽素材，聚焦在某事件或某場景，做貼近或還原現場的想像或補述，而且絕大多數的人物集中以一首詩映現，幾未重複刻畫。這是明峯歷年來參加臺語現代詩獎的個人風格，而對於臺灣的臺語現代詩文學獎而言，幾乎可以拿捏出類似旅遊定律的實踐：沒有比記憶中

更好的風景，所以最好不要舊地重遊；逡巡文獻資料得出、具歷史創痛的創作素材，文學獎中最好不要一再使用。《所在》的得獎詩作，除了蔡瑞月三首詩和黃土水二首詩以之為創作對象外，文獻資料查詢可得的詩中人物，《所在》皆以一首詩當作創作客體。

其三，綜觀《所在》的得獎詩作，整體隱隱流瀉針對臺灣日據時期、戒嚴時期、白色恐怖時期，作者對知識青年蒙冤受難的關切；例如蔡瑞月，以匪諜之名被囚於綠島三年；柯旗化，因擁有唯物辯證法一書受刑求審訊；施水環、黃溫恭、藍明谷，均為白色恐怖受難者，均遭槍決。

第四，在故事趨近高潮的詩行，作者往往將場景從定點帶入模糊焦距的景深，而非對照詩中現場與寫作當下的時空，做今昔之比。例如〈所在——寫予「玫瑰古蹟」佮蔡瑞月老師〉，詩中的畫面起於舞台，終於舞台，穿織以暗示詩中人困頓歲月經歷的大船、教會、囚房；〈天光進前〉設囚室為場景，揣摩詩中人遭處決前一夜思念家人的心情，詩行中，「我寄予你的／兩支喙齒，請當作是我的屍體」，「收到前線服役或遭刑求的親友牙齒，暗示此人已歿」，雖未必為〈天光進前〉詩中人的事實，卻符合事理。

第五，濁水溪以南的部分臺灣現當代藝文工作者及知識份子，因為黃明峯《所在》，其形象、故實、作品，得以重見天日。在乾燥的文獻之外，明峯賦予他們以文學生命，使得歷史傷痕在詩行的天光雲影之間搖盪擺渡。比如：「短短的詩句落著霎霎仔雨」浮現囚禁在台南刑務所的楊華形象、「練習用身軀寫一張批予家己」的蔡瑞月舞姿、「伸長手中的䆀鏡」的王雨卿、「坐佇軍法處看守所第六十房的塗跤」等待判決的施水環、「練習用賰無偌濟的月光寫批」的黃溫恭。

《所在》藉著文獻材料與人物故事，透過詩筆，傳達愛與關懷，而非寫詩以儆效尤或告亡魂。黃明峯把對故事主角的所知所感，藉著臺語現代詩，結合敘述性、音樂性、抒情性，賦予典型人物以文學再現。至於詩人黃明峯自己的故事，或生命，或呼吸，則未必與該詩故事的主角產生聯繫或聯想；該詩所敘之事，也未必與敘事者當下的時空對照或互文。好比賽車：車子是否跑第一，固然有賴威猛的發動機，更需牢靠的煞車。飛機飛得再高，終極目標是要落地；車跑得再快，想要保證安全，一定是煞車系統。文學獎的叢林賽猶如賽車，高手先要決定能用什麼樣的力量制動，再決定用什麼樣的發動機發動；缺乏穩定的煞車系統，跑得再快也無濟於事。《所在》就是一部煞車系統優良的賽車。《所在》得獎詩作的公共意義就在於：作者運籌帷幄，決勝千里，注釋中有事，詩行中若無其事。詩行中映現時代的人與事，經由該詩的第一個注釋得以確定；而倘若不讀那個注釋，詩作仍自展現其藝術價值。本書第四輯的系列寫畫詩作，以高雄當代畫家為對象，首首突出，匠心獨運，更可見作者的自我突破。

　　《所在》以文學獎為亮點，而以現代臺灣本土文學藝術家及受難知識份子呈現計畫寫作的樣態，是一個出身中文系的中學教師勤懇筆耕的結晶。放眼當今臺灣詩壇，出版的個人臺語現代詩集裡，極少如《所在》這樣，以大比重的詩作安置對所用謠諺、俚語、用詞的出處與釋義。作者用功之深，讓人感佩。許多習焉未究的臺灣用語，經明峯點撥，精神全出。例如「稀微」、「翼股」、「陷眠」、「記持」、「創治」、「細身」、「青恂恂」、「齷齪」、「尌酌」等等。

　　「所在」，臺語意指「地點」；但臺語的「地點」意涵，以中文的音譯表態，尚有「在此」可用。本書以中文譯寫臺語的「所

在」一詞，兼具中文和臺語的指涉。中文書寫不用「在此」，而稱「所在」，詩集名為「所在」而非「在此」，就把固定意謂的某處某地，漫衍為「以指標月」的撩動與擺盪，而所指之處形成景深，鋪展為過程，於是時間與空間互相交響。《大智度論》說：「如人以指指月，以示惑者，惑者視指而不視月。人語之言：我以指指月，令汝知之，如何看指而不看月。此亦如是，語為義指，語非義也。」得魚忘筌，得月忘指，指向所在而無處不在，即收可望而不可及、雖知而故實不必較真之效。萬丈高樓平地起，身為沈靜躬耕的「暗光鳥」，黃明峯隻身在熒熒燈下寫出這部臺語現代詩：《所在》，透出紙背的是但爭朝夕而不雄辯的創作氣質。

黃明峯的《所在》有一首〈暗光鳥〉，寫一隻「愛寫詩的暗光鳥」：「伊有一支神祕的鎖匙」，在「月娘睏袂去」的夜晚，「伊就暗暗仔拍開靈魂的鎖頭／展開翼股放膽飛／飛去全世界上懸上懸的樹尾」，在「落雨的暗暝」，「家己徛踮簾簷跤恬恬仔聽／聽杳杳滴滴的雨水」。這隻總是「三更半暝，安安靜靜」，「佮一葩電火做伙」的「暗光鳥」，竟已握了二十多年的詩筆，把握下班下課的旦夕，在檯燈下寫出一個家，鍛鍊出自己的所在。這個「所在」，寫出了「老先覺」黃海岱的堅持和「婿氣」，也傳遞了黃明峯創作臺語現代詩悠悠數十年來的「故事佮傳奇」，講給故事外的你我聽。當筆桿晃動，「伊的手中／角色是千萬千／伊的腹內／劇本是仙拼仙／／伊請尪仔佇舞台頂解決／歷史的恩怨／結果／就交予觀眾去留戀／／問伊是何方的神聖／來做頭手師／伊恬恬無講話／只是運氣拍拳笑哈哈」。這樣的距離與觀照，讓我們看見《所在》那位「覕佇幕後」、出將入相「照起工」，進而過關斬將的帥氣文藝青年，即使天色蒼茫，依舊微笑招手。

輯一

▼

所在

所在
——我讀楊華，鐵窗內的《黑潮集》[1]

所在，是昭和 2 年

關佇臺南刑務所的小詩

短短的詩句落著霎霎仔雨

雨滴，佇鐵窗外

變作無依無倚 [2] 的相思

親像昨暝，彼隻露螺 [3]

爬過罩霧的眠夢

眠夢茫茫渺渺，漸漸無影

無跡……只賰 [4] 一蕊

孤單的目睭

繼續

---

1 《黑潮集》是楊華佇1927年因為治安維持法被疑事件，監禁佇臺南刑務所所寫的詩作。為尊重原作者作品，標題「黑」字無改成「烏」字。

2 倚：uá，貼近、靠近。

3 露螺：lōo-lê，蝸牛。

4 賰：tshun，剩下。

伸長

繼續伸長意志的翼股 [5]
所在，是漂浪佇島嶼外海的烏潮
長長的柔軟暗崁 [6] 一粒滾絞的心
心事，佇鐵窗外
化作陣陣海湧
沖散月光恥笑的面色
親像天邊
遙遠彼粒星
閃閃爍爍，照著
世間，重重疊疊
譀古 [7] 的代誌

代誌發生佇
1927 年 2 月 5 號
拄拄好農曆正月初四
過年、團圓，雄雄拍交落

---

5 翼股：sit-kóo，翅膀。
6 暗崁：àm-khàm，隱藏。
7 譀古：hàm-kóo，誇張荒唐。

佇這个烏暗佮陰鴆[8]的所在

一个無奈的靈魂

不時走揣時間的空縫

放風思想，放風慣勢

放風交懍恂[9]的記持

放風泰戈爾的飛鳥去敨氣[10]

踮自由的日光跤，行踏

彼條，敢若熟似又閣生份的

寂寞路途

啊……路途寂寞，若無堅持

精神、氣力緊早慢變成

一塊，拋荒的田園

啊……便若是恬靜的暗暝

伊的筆，開始綿爛[11]書寫

春天的色水、秋天的形影

8　陰鴆：im-thim，陰沉。形容人的性格深沉，不易表露心事。

9　交懍恂：ka-lún-sún，身體因受驚、害怕或寒冷而發抖。

10　敨氣：tháu-khuì，情緒得以發洩。

11　綿爛：mî-nuā，專注認真，堅持到底。

性命的喝咻 12 佮人生

姑不而將 13 的，怨慼

便若是恬靜的暗暝啊……

檢采 14 有人會想起伊，想欲知影

鐵窗內，失蹤的七首詩

到底是啥款的風景？祕密

到底，是毋是藏佇歷史

猶原無人知影的，所在

---

12 喝咻：huah-hiu，大聲叫嚷。

13 姑不而將：koo-put-jî-tsiong，不得已、無可奈何。

14 檢采：kiám-tshái，或許、說不定。

所在
——寫予「玫瑰古蹟」佮蔡瑞月老師

1. 有一寡所在

（幕起。舞台頂的伊，敢若咧想啥物……
目睭金金，看著衫仔櫥的バレエドレス[1]）

欲上台的彼領衫，有一寡所在
猶未紩[2]好勢。時間踅神[3]
一時揣無線頭來拍結
窗外，雨絲——親像一枝一枝躼躼長[4]的魚釣仔
毋管心事按怎藏水沬[5]，猶原無法度走去覕[6]

「佇佗位？」，會記得是……

1　バレエドレス：ba-lê-lóo-lé-s，芭蕾舞裙。
2　紩：thīnn，縫紉、縫合。
3　踅神：sėh-sîn，精神恍惚的樣子。
4　躼躼長：lò-lò-tn̂g，長長的。
5　藏水沬：tshàng-tsuí-bī，潛水。
6　覕：bih，躲、藏。

向時，彼个思想進步光彩的年代
島嶼的文學、美術、戲劇全全猛醒開花
日本的石井漠先生做前，朝鮮的舞姬
崔承喜隨後，佇臺南宮古座的舞台頂
跳家己的舞。啊……樂暢 [7] 的身軀
原來是自由──自由流動的修辭
舞台跤百百蕊的目睭嶄然仔 [8] 精神
斟酌看著未來，夢想的跤步
現代的手路

「佗位是家己？」，佗位有青春
鑠奅 [9] 的姿勢？時間袂堪得閣躊躇 [10]
玫瑰的露水有飽滇 [11] 的向望
性命的𠢕重 [12]

---

7 樂暢：lo̍k-thiòng，歡喜、愉快。
8 嶄然仔：tsám-jiân-á，相當、非常。
9 鑠奅：siak-phānn，時髦、帥氣。
10 躊躇：tiû-tû，猶豫、遲疑。
11 飽滇：pá-tīnn，充足飽滿。
12 𠢕重：the-tāng，負重。

（雨雲仔漸漸來到目尾佮記持的敆縫 [13]
舞台頂的伊，開始梳妝打扮。燈暗。）

2. 心悶的所在

（幕閣起。一隻大船「大久丸號」，往南
1946 年的海湧，一波一波，濺 [14] 倚來……）

戰爭，忝 [15] 矣。帝國主義的大夢已經漏氣
赤焱焱的日頭袂輸是消風的雞胿仔 [16]
規身軀軟膏膏 [17]，半躺 [18] 倒，佇時代的北爿

船頂 bai-óo-lín [19] 的樂聲佮溫馴的大海
相放伴。海面彼隻海鳥，是我嘛是你
暫時佇無風無搖的日子，踅箍 [20] 閣踅箍

---

13 敆縫：kap-phāng，接縫。物體接合處的縫隙。
14 濺：tshînn，本義指大水洶湧而來，引申作衝擠、撲上的意思。
15 忝：thiám，疲累、慘重。形容程度深、嚴重。
16 雞胿仔：ke-kui-á，氣球。
17 軟膏膏：nńg-kô-kô，形容身體柔弱無力。
18 躺：the，身體半躺臥，小憩。
19 bai-óo-lín：小提琴。
20 踅箍：sèh-khoo，轉圈圈。

懸懸看落去，咱的島嶼，親像唰躡跤尾
跳舞。搢風[21] 的屈勢有一款有篤[22] 的骨氣
親像動作進前，思考已經完成

遠遠彼爿，有光，漸漸仔炤[23] 過來
跟綴《印度之歌》的嘹拍[24]，展開意志的翼股
飛──飛去心悶的所在，向天地唱聲[25]

（伊勻勻仔褫開[26] 雙跤、伸長雙手，親像故鄉
教會的彼欉大樹，繼續淀根、生葉。燈漸暗。）

3. 慣勢的所在

（幕起。一逝燈光沓沓仔撨徙跤步
停佇伊的目神──恬恬，看過去的角度）

練習用身軀寫一張批予家己，佇慣勢的所在

---

21 搢風：tsìnn-hong，逆風。
22 有篤：tīng-tauh，結實、堅固。穩健。
23 炤：tshiō，用聚光燈、手電筒等的光照亮。
24 嘹拍：liâu-phik，節拍。
25 唱聲：tshiàng-siann，以言語大聲威嚇、撂狠話，表示警告與不滿，並
帶有挑釁意味。
26 褫開：thí--khui，打東西打開。

免慮疑 [27]，舞蹈是一支鎖匙，會使拍開謎題
揣著空喙 [28]

命運損蕩人的時陣，親像干焦 [29] 穿一軀
瘦卑巴的黑影抵抗交懍恂的暗暝
時代齴牙 [30] 的聲嗽，透暝長
想欲講的話，定定予人抰 [31] 佇塗跤
挼 [32]

「思想動搖？」
舞台頂的光照著掌腿 [33] 的心思
日子流糍 [34]，用啥物來斟補 [35] ？
閣較濟的時間嘛無可能坐清 [36] 過去
過去，袂輸是石磨仔挨粿，一輾閣一輾

---

27 慮疑：giâu-gî，猜疑。對人或事猜忌疑慮。
28 空喙：khang-tshuì，傷口。
29 干焦：kan-na，只有、僅僅。
30 齴牙：giàng-gê，突出嘴唇外的牙齒。張牙舞爪。
31 抰：hiat，丟棄、亂扔。
32 挼：juê，揉、搓。
33 掌腿：thènn-thuí，因為劇烈運動而導致腿部肌肉酸疼。
34 流糍：lâu-tsî，形容人老了以後，兩邊臉頰鬆弛下垂如麻糬狀。
35 斟補：tīm-póo，燉補。
36 坐清：tsē-tshing，澄清。

對心肝頭，軋 [37] 過

挕掉 [38] 政治的手銬佮跤枷，佇慣勢的所在
繼續掖種。可能有人會供體 [39]
可能血水湉湉滴……嘛真有可能
火坑，變成蓮花池

總是，佇慣勢的所在，影目 [40] 的色水
有濟濟牢腹 [41] 的故事。雖罔現實使人覕喙 [42]
海湧不時剾洗 [43] 月光……
相信，靈魂，永遠是一棟挑俍 [44] 的厝
厝內，有熟似的人影、燒烙的笑聲
溫柔的，意志

---

37 軋：kauh，輾。車子的輪子壓過。
38 挕掉：hìnn-tiāu，扔掉。
39 供體：king-thé，以譬喻或含沙射影的方式罵人。
40 影目：iánn-ba̍k，搶眼、醒目、顯眼。
41 牢腹：tiâu-pak，吃下去的食物能留在腹中被吸收。學業完全吸收、明白之後能被牢牢記住。
42 覕喙：bih-tshuì，抿嘴。嘴巴輕輕的闔上，想哭、想笑或是鄙夷的時候會有的表情。
43 剾洗：khau-sé，諷刺、挖苦人家。
44 挑俍：thiau-lāng，形容建築物的空間寬敞，光線明亮。人的身材高挑。

（伊挈出衫仔櫥的彼領バレエドレス，一針一線，紩好早前，phàng-kìnn 的記持。幕落。）

高雄號

這陣，若是風無細膩 [1]
對楠仔坑的海垺
吹轉去日本時代的殖民地吐大氣……
若是雨，猶原，沓沓滴滴
講袂煞歷史的記持……

若是按呢，敢猶有人會想起：
1934 年，彼台
飛佇故鄉天頂的名字？

彼台載著臺灣人的向望佮氣魄的飛行機
叫做──高雄號。薩爾牟遜型二手偵察機
佇秋清的八月，飛過東京野球場
為臺北隊加油。十月，佇臺灣
開始第一擺的環島飛行

1　無細膩：bô-sè-jī，不小心。

高雄號，是在地飛行士楊清溪 [2] 所駕駛

親像一隻猛掠的鴟鴞 [3]，對臺北練兵場

展翼，一路向南：飛過臺中、臺南

飛過高雄右昌庄母親的墓頂，投落

懷念的花束

鮮沢 [4] 的花芳

𥱵 [5] 過時間的空縫

寬寬仔渙散拋荒的故事

親像彼暝的雨，一點一滴

沃澹你我，藏佇心內

年久月深的代誌

2　楊清溪：楊清溪（1908-1934），高雄右昌人，臺灣史上第一位持有三
　種機型駕照的二等飛行士。佇眾人的幫贊之下，買一台中古的薩爾牟
　遜型偵察機，準備進行一系列的鄉土訪問飛行。楊清溪環島鄉土訪問
　飛行是彼當時媒體真重視的新聞，政治運動家楊肇嘉（1892-1976）的
　傳記中有特別寫楊清溪環島飛行這件大代誌。另外，佇伊的留真集
　中，嘛有真濟贊助、推動飛行計畫佮懷念楊清溪意外身故的相片。楊
　清溪的鄉土訪問飛行是佇江文也等留學日本的音樂家鄉土訪問演奏會
　後接紲進行，會使講是楊肇嘉有意藉當時優秀臺灣人的表現，提振臺
　灣人的認同佮自信，同時嘛表現出一種反抗殖民者的氣魄。
3　鴟鴞：bā-hiòh，老鷹。
4　鮮沢：tshinn-tshioh，新鮮有光澤。
5　𥱵：nng，貫穿、鑽過去。

高雄號，佇昭和時代飛懸懸
用另外一種角度看家己
自由的靈魂脫離束縛的生活
飄撇的姿勢飛過日頭的頭前
佮風，遏手把 [6]

熱情的噗仔聲袂輸是陣陣海湧
滾絞袂停。飛行士再一次規畫
一齣媌氣的表演，親像一尾
伸筋挽頷 [7] 的海翁
準備佇曠闊的海面，拍翩 [8]
奢颺 [9] 的航程

誰知一陣大風耍心機
雄心推捒高雄號
Phu-lóo-phé-lá[10] 親像斷翼的鳥隻

---

6 遏手把：at-tshiú-pà，互相較量手勁與技巧的活動。
7 伸筋挽頷：tshun-kun-bán-ām，舒活筋骨。
8 拍翩：phah-phún，打滾、翻滾。
9 奢颺：tshia-iānn，大派頭、大排場。
10 Phu-lóo-phé-lá：螺旋槳。

Hán-tóo-luh[11] 揣無前進的方向
摔落去練兵場溪邊，心情
倒頭栽，一齣好戲雄雄來煞鼓

彼陣，若是風，勻勻仔吹。若是
彼陣，天氣莫遮爾狡怪，若是
恬靜的雲尪、溫馴的日鬃
佮伊做伙，相放伴……

若是按呢，咱的記持
是毋是會當對夢想的頂頭
順順仔流到故鄉的土地
穩穩在在，淡開一片
清芳的風景

---

11 Hán-tóo-luh：方向盤。

夢想的䠅鏡 [1]

透早，昭和時代的日頭

照佇運河的水面

光佮影，寬寬仔搬徙

時間的跤跡

風，微微仔吹過師範學校

路邊的花欉綴咧伸勻 [2]

1　寫予臺灣第一位博物學家王雨卿。王雨卿（1907-1938），一位日本時
　　代的臺灣小人物，堅持夢想、猛醒自學，對給仕（工友）變成臺灣第
　　一位博物學家。王雨卿的家境困苦，公學校畢業了後，佇臺南師範學
　　校擔任給仕。1922年，佇當時擔任教諭的博物學者牧茂市郎指導之
　　下，學習製作標本及相關動物學智識。1931-1933年，先通過臺灣公學
　　校乙種本科正教員資格考試，閣再通過文部省中等教員生理衛生科及
　　動物科檢定合格。1934年，開始擔任臺南長老中學及長老女子中學教
　　員，1935年，擔任臺南師範學校教務囑託。王雨卿，毋但是博物學
　　者，嘛是一位世界語的推廣者。伊是臺南啟南綠友會（臺南世界語學
　　會）主要成員、世界語雜誌《La Verda Insulo》（綠の島）的發行人。
　　王雨卿整理生物目錄時，除了紀錄拉丁學名之外，閣會附上羅馬拼音
　　的臺語和世界語名稱。可惜年輕有為的王雨卿佇1938年因為肺病往
　　生，安葬佇臺南南山公墓當中。䠅鏡：hàm-kiànn，放大鏡。

2　伸勻：tshun-ûn，伸懶腰。

一隻草猴 [3]，歇佇樹頭
展開薄縭絲的長翼，曝日
祈禱的手勢佮轉踅的頭殼
是毋是，想著啥物代誌？

記持搝 [4] 路
行入去新校舍的博物科研究室
有人，為著一隻露螺生份的身世
綿爛思考：性命的源頭
到底，發生啥物精彩的故事？
桌頂的藥罐，內底的蟲豸 [5]
親像攏欲走出來講古的款

伊，想起牧先生講過：「世界──
永遠是一片曠闊闊神祕的所在」
人生，定著愛走揣家己意愛的光景
親像伊，第一擺，看著雨傘節

3　草猴：tsháu-kâu，螳螂。
4　搝：tshuā，帶領、引導。
5　蟲豸: thâng-thuā，昆蟲的通稱。

用身軀佇土地寫彎彎曲曲的詩句
親像彼日，發現鯪鯉[6] 假死張狗蟻
彼隻無講無呾[7] 的四跤杜定[8]，輕聲
跟綴[9] 蜈蚣舅[10]，準備——細說
性命的韻尾

逐日，伊的功課是：出發
是沿路記錄這个世界猶未看著的細節
是調查這个島嶼，樹林內颺颺飛[11]
草埔跤硞硞傱[12]，猶未予人發現的
奇奇怪怪。伊發覺濟濟恬寂寂的
祕密，定定是覡佇目睭的背後
夢想的頭前

日時、暗暝，伊斟酌想

6　鯪鯉：lâ-lí，穿山甲。
7　無講無呾：bô-kóng-bô-tànn，不言不語、不動聲色、不聲不響。
8　四跤杜定：sì-kha-tōo-tīng，蜥蜴。
9　跟綴：kin-tuè，跟隨。
10　蜈蚣舅：giâ-kang-kū，馬陸。
11　颺颺飛：iānn-iānn-pue，胡亂飛揚。
12　硞硞傱：khók-khók-tsông，亂跑亂衝。

樹椏密婆 [13] 倒吊的功夫

到底暗崁啥物款的心思？

遠遠彼爿，彼隻孤黃 [14] 金金相的所在

是毋是猶有料想袂到的代誌？

答案，若是無停跤落來詳細看

時間的翼股就會無聲無影，飛過

歷史的眼前

天頂，雲尪杳杳仔撨徙蓮花步

塗跤，伊號名的彼隻

王氏煙管露螺

慢慢仔爬……

慢慢仔伸長好玄的目睭

親像伊，伸長手中的讖鏡——

繼續看……

---

13 密婆：bit-pô，蝙蝠。

14 孤黃：koo-n̂g，貓頭鷹。

寫予你的批 [1]

阿李：真失禮，這陣，才寫批予你
彼工透早，我，袂輸是一張限時批
對臺北軍法處看守所雄雄送到臺東泰源感訓
千里路途，真是，兩三步就到位。泰源的土地
有日本時代種作咖啡的芳味，阮，兩百外人
攏佇遮討論：反共思想佮三民主義的意義

阿李：請共咱的幼囝講，阿爸去美國留學
暫時無法度見面，但是真緊就會轉去團圓
我會犧牲放風時間，踮櫳仔 [2] 內增補、改訂
《新英文法》佮我的想法。絕望、無奈的時
我會想起：遠遠的所在，猶有人，一直咧等待

　國家至上民族至上

1　寫予白色恐怖時代的受難者柯旗化、蔡阿李翁仔某。
2　櫳仔：lông-á，監獄。

（老師：我欲寫一張批予你——
料想袂到這本《新英文法》增補、改訂
是你佇櫳仔內完成。是毋是逐工見面的
二十六个外國字母，已經比父母、某囝
閣較熟似你的人？老師：臺東的日頭
是毋是蓋酷刑³？風雨，是毋是真無情？
深山林內的泰源，天氣，是毋是
定定會烏陰？心情，是毋是時常交懷恂？
時間，一點一滴，漸漸烏焦瘦
親像你的面。抑你的眼神，純真、善良
但是你的艱苦罪過……敢若身上彼領
殕色⁴的囚衫，無聲無說兼無合軀⁵……）

阿李：寄來綠島的藥品、相片佮你的掛念
攏總收著矣。不而過，我的思念
全款遮爾狡怪，猶原醫袂好勢
昨暝，眠夢又閣幽幽仔疼
跤步愈來愈沉重的海風，佇櫳仔外的樹跤
躊躇規暗——到底，敢欲陪伴彼个

---

3 酷刑：khok-hîng，殘忍、心狠手辣。
4 殕色：phú-sik，灰色。
5 合軀：hah-su，合身。衣服大小適中。

空喙發癀的月娘，繼續孤單？

阿李：寫予你的批，規定袂使超過二百字
千言萬語，總是，向望有一日——
有一日會好天，日頭溫馴，風雨恬靜
咱，會當佇家己出版社的亭仔跤，讀冊、看花
看咱的囡仔咧覕相揣，看咱種佇故鄉的
希望，會當勻勻仔暴穎，沓沓仔發芽

保密防諜人人有責

（詩人：我欲寫一張批予你——
問你：寫予二二八犧牲的同學彼首臺語詩
〈母親的悲願〉，是毋是，猶未唸出聲
就已經喉滇目箍紅。詩人，我欲寫一張批予你
問你：佇櫳仔內完成的彼本小說《南國故鄉》
明哲佮美智子，是毋是你佮某囝的化身？
我欲寫一張批予你，親像鄉土不時呼喚你
我欲寫一張批予你，佇你講出：
「當做的已經攏做完矣」
詩人明哲，我欲寫一張批予你，問你：
如何靠旗尾山的意志對抗唐山溫鬱熱的苦毒

安怎用海翁的氣勢展威島嶼海洋國家的志氣
佇彼當時——佇你再次坐監,空喙才拄拄堅疕[6]
又閣無端予人控[7]出血的時……)

---

6 堅疕 :kian-phí,結疤。
7 控:khàng,用指甲摳、挖。

第六十九批 [1]

「當我死去，我上親愛的

莫為我吟唱悲傷的歌」

～ Christina Georhina Rossetti（1830-1894）

時間共 [2] 我放袂記

的彼陣……我拄欲寫：第六十九批

彼張予人關佇臺北市青島東路三號

第六十房的，心內話

有一寡字句已經袂赴寫

---

1 寫予白色恐怖時代的受難者施水環。施水環，1925年生，臺南市人。小弟施至成，臺大畢業，因牽連臺大支部案逃亡兩年，一直覕佇施水環宿舍天棚內。施水環因保護小弟，閣加上踮臺北郵電局服務時，熟似同事錢靜芝、丁窈窕，牽連郵電支部案，1954年7月19號被捕。自1954年10月1號到1956年7月24號銃決，總共關佇臺北軍法處十九個月，前後寄出六十八張批，內底大部分是對母親的思念。最後，第六十九批，干焦有題目無內容，因為彼日透早被當時政府銃決。三十二歲的無辜性命就此失去形影。這段事件是施水環的小弟施至成的臺大同學林粵生，佇2002年提供給綠島人權園區文史調查團隊一批施水環遺物，包括獄中家書筆記，才予人發現。

2 共：kā，把。

有一寡怨慼已經無聲無說

猶有一寡欲交代的，也已經

安安靜靜，講袂出喙

藏佇心內，講袂出喙的事件……

發生佇 1954 年 7 月 19

人生，漸漸變形

誠濟代誌無法度閣繼續

譬如想法，譬如青春的風雨，譬如

自由。自由袂輸是一支鎖匙

會使拍開鬱卒的時代

會使關牢無辜的靈魂

請問：鬱卒的時代佮無辜的靈魂

的故事，需要寫幾張批紙來說明？

請問：若是過晝了後，雄雄霆雷公

兼落大雨，遐爾緊急閣遐爾粗魯的戲弄

有誰人接載[3] 會牢？若是

烏雲罩天的日子規年週天……請問：

3　接載：tsih-tsài，支撐、支持。

是毋是目睭也會無緣無故起雺霧？

目睭雺霧佮心內流袂焦的目屎
按第一批到第六十八批，攏有……
攏有，我，思念的溫度
坐佇軍法處看守所第六十房的塗跤
提筆的手，猶原小可仔會驚惶。總是——
仝款，先報平安，因為生活遮爾袂平安
雖罔字數有管制，短短幾句，總是——
請母親，放心

親愛的母親：什麼攏無的滋味
特別心悶你寄來的麵茶佮鹹梅仔
特別懷念故鄉，黃昏的日頭光
燒烙燒烙，照著你我
母仔囝，無煩無惱的心情
咱手牽手，用規下晡的時間
陪伴老水牛，行過青翠的田園，行過古早
古早的臺灣，看見
一粒一粒，善良慈悲的心

親愛的母親：時間共我放袂記

的彼陣⋯⋯我拄欲寫：對你的掛念

親像昨暝，愈落愈粗的雨絲

親像透早，眠夢了後，看袂清楚的

你的形影。親愛的母親，每一暝我攏咧祈禱

願上帝保庇，願法律公正，願咱一家伙仔

早日團圓，願時間，毋通共我放袂記

願第六十九批，會使繼續

寫落去⋯⋯

天光進前 [1]

練習用賰無偌濟的月光寫批
佇最後這暝。記持
是一粒紡誠緊的干樂 [2]
一輾閣一輾
一直紡轉去你的身邊

已經慣勢
共目屎關佇心內
共溫暖的愛寫入去
批信內底。按呢

1　寫予白色恐怖時代的受難者黃溫恭醫師。黃溫恭（1920-1953），出世
　　佇日本時代的高雄州岡山郡路竹庄（今高雄市路竹區），是高雄路竹
　　地區的第一位牙醫師。1952年，因為牽涉著中國共產黨臺灣省工作委
　　員會燕巢支部案，判刑十五年，但是最後予蔣介石下令銃殺，是臺灣
　　戒嚴時期遭受處決的讀冊人之一，也是白色恐怖時代的受難者。死刑
　　進前，黃溫恭有佇軍法處留落來五封遺書，但是予軍方扣留。一直到
　　2011年，才由當時總統馬英九佇「戒嚴時期政治受難者紀念儀式」頂
　　面歸還，並且代表政府對家屬會失禮。這五封遺書，將近六十年後，
　　才交轉家屬。
2　干樂：kan-lók，陀螺。

向望時間，是毋是
會當行較慢矣？

練習一字一字寫予清楚
佇這个烏陰暗毿 [3]
氣氛若殭屍的櫳仔內
壁，是四隻忠心的老土狗
四箍圍仔看守我的行動
攑頭，三尺有——
烏雲，袂振袂動
四四方方罩佇頭殼頂

已經慣勢
綴著鐵窗外的暗風
微微仔放空判決書的無情，放空
家己的心情。有時懷念較早
日頭溫暖土地燒烙的日子
親像進前幾工，你寄予我的
塗豆佮鹹魚仔，芳氣原在

3　暗毿：àm-sàm，形容地方陰森森的。

心悶[4]，原在

你有收到無？我寄予你的
兩支喙齒，請當作是我的屍體
若是會使，就將我的身軀
捐予臺大醫學院，予醫學生
練習解剖人體，或者是
解剖這个時代
人生的難題

今仔日透早，輪到我
值班。魚肚白[5]的時
一步一步行出櫳仔外，然後
拊掉，家己的名字

你交代我：毋通忘記
正手，要插入去褲袋仔
跤底，要穿你特別寄來的白布鞋

4　心悶：sīm-būn，思念、想念。
5　魚肚白：hî-tóo-pėh，黎明時東方的天色。

你講按呢，準若身屍分離
面模仔難辨，嘛是會當揣著
八闊外月，毋捌見面的我

1953 年，5 月 19，暝
無聲無說的字句倒佇批信內底
我的心不時咧霆雷公
每一寸皮膚
攏親像予火燒著全款
啊……我的筆
敢若欲流出毋甘願的
血水……

1953 年，5 月 20，天光進前
我欲練習：佇清醒的時陣
做夢——咱，一家伙仔
佇咱兜的門埕，飼鴨、飼雞
有時哺甘蔗，有時食木瓜
我，會恬恬坐佇你的身邊
看你笑微微，目睭睭睭

汎出，一尾閣一尾
自由的魚

「你對佗位來？」[1]

「你對佗位來？」
我對南部來。選擇，原來有一種無奈
親像佇家己熟似的故鄉流浪，有一種
講袂出喙的，悲哀。我是政治的傀儡尫仔
嘛是國家的棋子，定定毋知後一步
應該安怎演、安怎奕
生活才會簡單，日子才會平安
性命，袂輪漂浮佇闊莽莽的海面

---

1 寫予白色恐怖時代的受難者藍明谷、張阿冬翁仔某。藍明谷（1919-1951），高雄岡山人，臺南師範學校畢業，經由文友鍾理和的紹介，佇基隆中學做教員。後來因為牽涉「光明報案」，逃回岡山。警察揣無伊的人，就掠伊的老爸、伊的親情、甚至伊的某囝。所致藍明谷佇1950年12月28日自首，最後關佇軍法處看守所第15號押房，1951年4月29日被銃決。銃決了後，軍法處並無通知家屬，煞共藍氏大體泡佇ホルマリン（福馬林）藥池，準備送予醫學院做大體教材。好佳哉家屬有探聽著消息，最後將伊火化毛轉去岡山。張阿冬（1913-2013），臺北大橋頭人，1946佮藍明谷結婚，被認為協助翁婿逃亡，「知情不報」，判決感化教育。1951年5月17日送到火燒島，關佇流麻溝15號「新生訓導處」，是島上第一批的女性政治犯之一。1952年春，出獄，轉去到岡山舊厝，佇大廳看著神主牌頂翁婿藍明谷的名字，才知影翁婿已經無佇世間。

59

看袂著彼葩光焱焱的照海燈

「你對佗位來？」
我對第 15 號押房來。佇這款恐怖的年代
連溫馴的月光嘛會予人關共陷眠
連櫳仔內的蟮蟲仔 [2] 嘛會變共戀神
好佳哉，有時風絲仔微微
吹過來記持中的一陣芳味
親像故鄉的長流水，切袂斷
你我的相思。便若是遮爾仔
恬靜的暗暝……我就會想起
你的長頭鬃佮你的目眉
遐爾仔柔軟倚佇我的下頦
你講：「毋管世界有偌害
只要咱做伙，眼前就有好未來。」
這馬，只賰我家己，目睭金金
躺 [3] 佇壁邊挲 [4] 肚臍。毋知影明仔載

---

2 蟮蟲仔：siān-thâng-á，守宮、壁虎。
3 躺：the，身體半躺臥，小憩。
4 挲：so，撫摸，搓揉。

到底是意外會先到，抑是
拍殕仔光[5] 會對彼片的山頭，代先
焐過來

「你對佗位來？」
我對北部來。自細漢爸母無愛
公媽無疼，這世人註定菜籽仔命
查某人的未來據在人烏白掖
青春的美夢親像春天的花蕊
一目矚仔，花開花謝。我知影
我鑿目，我是烏趖趖的块埃[6]
有人，隨時想欲共我摒掃清氣

「你對佗位來？」
我對流麻溝 15 號彼搭來。我毋是鱸鰻[7]
只是因為一張白紙烏字的判決書
頓著紅記記的豆干印，戶口就按呢

5　拍殕仔光：phah-phú-á-kng，黎明。
6　块埃：ing-ia，灰塵、塵埃。
7　鱸鰻：lôo-muâ，這裡指破壞社會秩序或組織幫派的不法分子。

遷徙伶倀。我是第一批

查某分隊的新生，編號 32

時間佮名字已經無意義

是誰歹手爪？剾[8] 走我賰無偌濟的幸福

日子是毋是著賊偷？干焦留予我

跤軟手尾冷，拖身拖命的惡夢

若是有一工，會當好好來歇睏

我會提出批囊內底，你的相片

杳杳仔回憶：彼陣，咱踮基隆中學的宿舍

好天好日的過去……然後

目晭瞌瞌，笑笑矣睏去

「你對佗位來？」

莫問我對佗位來。窗外天星

猶原閃遠遠，遠到看袂著我的月圓

我自首、我配合，我的報告

親像我的人，規規矩矩

無可能隱瞞組織的代誌

8　剾：khian，偷，強取。

感謝官長諒解，彼工透早連鞭 [9] 送我

兩聲銃聲──銃殺暝日的掛礙

是啦，我的身軀已經自由自在

輕輕鬆鬆，泡佇ホルマリン藥池

我的想法也已經消毒

思想袂閣穢涗 [10] 別人

過後，干焦向望囝兒序細

過年過節，拜拜的時

會當佇舊厝大廳的神主牌頂，看著我──

失落的名字

9　連鞭：liâm-mi，馬上，立刻。

10　穢涗：uè-suè，汙穢，偏向心理上的。

斷章：聽，江文也

𝄞

光──
佇海面散步
「朝日丸」甲板的海風
無攬無拈[1]
掀開伊手中的詩集

氣味、雲影佮歌聲……
按島嶼彼爿
勻聊仔淡散過來

♩

風，不時

1　無攬無拈：bô-lám-bô-ne，無精打采、沒精神，提不起勁的樣子。

按揜貼 [2] 的所在從出來

親像伊的心事佮海湧

一陣一陣瀉倚來

瀉倚來……

是波特萊爾一行一行的詩句

是三芝祖厝簾簷跤 [3] 沓沓滴滴 [4]

發生的代誌

　　　　♪

親像一蕊花（恬恬仔媯，恬恬仔死）

性命，本底有開有謝

親像一場夢（無張無持 [5]，無啥道理）

睏醒，袂記得色水

　　　　♫

2　揜貼：iap-thiap，形容一個地方人煙罕至，或者較為隱密。
3　簾簷跤：nî-tsînn-kha，屋簷下。
4　沓沓滴滴：tāp-tāp-tih-tih，瑣碎、繁雜。
5　無張無持：bô-tiunn-bô-tî，突然、冷不防。

靈魂變成石頭，袂振袂動看著來來去去的人
信徒有麻痺的症頭，干焦家己拉圇仔燒 [6]

世界若是一座博物館，有偌濟代誌是咱想袂夠？
時間敢若走馬燈，一目矄就過一生

♪

透早，伊欶一喙清涼的空氣，徛佇故鄉的田岸巡
頭看尾。「透明的空氣當中，白翎鷥展現美麗的翼
股……」雲影清清印水面，舊情是綿綿。老水牛
猶原頭犁犁，綿爛作穡無講話。

曲盤像露螺，慢慢仔踅，慢慢仔爬。歷史的歌聲，
漸漸仔楦闊 [7]，漸漸仔放裒 [8]。

♭

6　拉圇仔燒：lâ-lûn-á-sio，溫溫的。微溫而不熱。
7　楦闊：hùn-khok，擴大、擴充。
8　放裒：pàn-pôo，拆開衣物的摺邊重縫，以增加裙襬或褲管、袖子的長
　　度。

日頭公寬寬仔褫開圓滾滾的目睭，斟酌看著伊行踏的所在。所在，是 1934 年大稻埕的記持。時間綴伊的跤步，一步一步踅轉去囡仔時。日花清氣清氣，草仔枝鮮沢鮮沢。有風，對甘蔗園彼片吹過來。五分車，一節一節，唱著糖甘蜜甜的歌聲。「我瞌目，無聲無說……我浸佇當中，冥想……」

ㄅ

「古早亞細亞的智慧，無的確，對我的靈魂中清醒矣……」繼續行過去——田嬰佇水邊跳舞，遠遠的山崙有相思仔咧擛手。閣過去，樹頂的膨鼠佮山猴遮巡逝看，袂輸是奸詭的剪綹仔[9]，想欲偷挽熟黃厚汁的芳味。田園遐爾曠闊，無圍也無閘。雨來，花開，土地繼續晟養殖民地的志氣。

♯

「我，一直認為彼个美麗的白翎鷥島嶼的血是無比

9　剪綹仔：tsián-liú-á，扒手、小偷。

優秀的……」昨暝規暗無睏的電火柱，透早猶原
徛 thîng-thîng，親像山頂的松梧，釘根土地，陪
伴島嶼四季的流轉。覕佇伊心內貼底的風景佮聲
韻：《出草》、《山歌》、《豐收》、《月夜》、
《酒宴》……，啊……《阿里山的歌聲》，猶未
完成……

♪♪

聽講伊愛坐佇銀座 DTA 喫茶店啉咖啡
聽講伊攏濫五粒角糖背叛浪漫主義
聽講伊想欲聽著衝突的曲調、旋律
聽講只有彼時思想焦鬆，心情袂跳電

戰爭的雺霧若散，毋知時間是直直大欉
抑是直直蔫 [10] 去？
過往親像一隻貓，共家已捲作秋天的軟晡
未來親像一尾魚，自由永遠是茫茫渺渺的大海
日子親像一道煙，飛袂出束結 [11] 的房間

---

10 蔫：lian，枯萎、乾枯。
11 束結：sok-kiat，小巧玲瓏不虛大，而且結實大方。

オリンピック[12] 的獎牌＼出頭
秋風吹過的記持＼損角

《肉彈三勇士》＼風聲
《東洋平和之道》＼唞影

政治搬走的彼台鋼琴＼長眠
恬寂寂的目睭＼厚夢

Nobu[13] 送的 ne-kut-tái[14]＼思念
殖民地永遠的第二名＼無聲

12　オリンピック：ò-lîm-phit-khik，奧林匹克。
13　Nobu：龍澤信子，江文也第一任妻子。
14　ne-kut-tái：領帶。

跤跡

你坐佇輪椅，恬恬仔繩 [1]
水面，鴛鴦水鴨的形影
佮眼神……
（敢若真熟似，閣敢若遐生份）

倫敦，泰晤士河的岸邊
軟晡的涼風，一陣一陣
吹著你的面
水洆 [2]，一輾一輾
涗開青春的記持

會記得是──
1856 年，3 月的彼一工
海上的東北風猶原真透

1　繩：tsîn，定睛細看。
2　水洆：tsuí-iann，漣漪。

你，徛佇浮浮沉沉的老閘船[3]

看著……

「花鵰？蛇鵰？抑是新物種？」

佇島嶼的山崙佮白雲之間

踅玲瑯。彼對利劍劍的目睭

金金相的，是塗跤的鼢鼠

抑是樹椏的青竹絲[4]？

對你的召鏡[5]看過去，遠遠彼搭

是謎，致使你

深深痴迷

第一擺探訪這个島嶼的時，你怪奇

3　老閘船：英文Lorcha譯音，歐式改良三桅帆船。這是Robert Swinhoe佇
　　1856年第一擺坐來臺灣的船隻。Robert Swinhoe（1836-1877），中文名
　　翻作「郇和」、「史溫侯」或者是「斯文豪」等等，伊除了是英國第
　　一位駐臺外交官（1861-1866），嘛是一个探險家、博物學家。伊對臺
　　灣動物、植物的調查、記錄有相當的貢獻。另外，佇伊發表的濟濟論
　　文當中，也會當看著斯當時原住民的生活素描。根據目前的史料，
　　Robert Swinhoe佇1856年第一擺來到臺灣新竹地區走揣歐美船難漂民，
　　嘛做一寡博物採集。較特別的是，伊捌佇1857、1858這兩年坐Inflexible
　　船隻環島臺灣，而且做博物採集佮研究。Robert Swinhoe晚年中風，
　　1877年佇倫敦往生。
4　青竹絲：tshenn-tik-si，赤尾青竹絲。
5　召鏡：tiàu-kiànn，望眼鏡。

是誰遮愛唸歌詩？覕佇樹林內

嗤舞嗤呲[6]唱袂煞。你好玄，學鯪鯉[7]

鑽來鑽去揣祕密。祕密若猛掠的山貓[8]

行蹤，歹扭搦[9]

日時，你可比是一隻棕蓑貓[10]

跤底踏過透早的露珠

雙手無閒頤頤[11]翻揣稀奇

暗眠，你變作家己

畫佇簿仔紙的彼隻黃葉貓[12]

目睭溜溜瞅瞅，扭掠的跤手

宛然是拍獵的高手

小心跟綴你的跤步，一步一步

行對島嶼的心內去。你講：

---

6 嗤舞嗤呲：tshi-bú-tshih-tshū，說話小聲怕別人聽見的樣子。

7 鯪鯉：lâ-lí，穿山甲。

8 山貓：suann-niau，石虎。

9 扭搦：liú-làk，處理、掌管。

10 棕蓑貓：tsang-sui-bâ，食蟹獴。

11 無閒頤頤：bô-îng-tshih-tshih，非常忙碌的樣子。

12 黃葉貓：n̂g-hio̍h-bâ，麝香貓。

「噓——，較細聲咧……樹尾溜

敢若有啥物，身軀的色水遮爾嬌」

你的筆窸窸窣窣[13]，快速素描……

（是長尾山娘[14]，嬌噹噹的形體）

你感覺著幸福，幸福原來是——

發覺家己佮動物的關係

遐爾近，遐爾親

繼續跟綴你的熱情

行對島嶼的深山林內去

人面蜘蛛無聲無說袂輸揑壁鬼

烏喙筆仔[15] 應喙應舌不止仔愛喋[16]

一隻黃褐色的四跤杜定[17] 看著你

豹腰健身[18] 的模樣

古錐甲會觸舌

---

13 窸窸窣窣：si-si-sut-sut，細碎的摩擦聲。
14 長尾山娘：tn̂g-bué-suann-niû，臺灣藍鵲。
15 烏喙筆仔：oo-tshuì-pit-á，斑文鳥。
16 喋：thih，愛說話，多言。
17 四跤杜定：sì-kha-tōo-tīng，攀木蜥蜴。
18 豹腰健身：pà-io-kiān-sin，伏地挺身。

注意聽：羌仔[19]的叫聲親像狗咧吠
「敢講是羌仔虎[20]當咧圍捕？」
斟酌看：彼爿面，懸懸的樹頂
挨挨陣陣的猴山仔，佗一隻
才是上蓋影目的猴齊天？
只有山神知影——
這个島嶼，有真濟撟貼的故事
遮閘的夢……

（應該是某種的因端，一寡歷史
罩著雾煙，毋知何時會散雾
應該是特殊的因緣，一寡代誌
直直旋藤，牽連著你）

你是烏面抐桮[21]，飄撇的渡鳥
佇滬尾、佇國聖港
佇這片新點點的土地探索、冒險

---

19 羌仔：kiunn-á，山羌。
20 羌仔虎：kiunn-á-hóo，黃喉貂。
21 烏面抐桮：oo-bīn-lā-pue，黑面琵鷺。

你是貓豹[22]，對猴猴社[23]到 Môo-lí-sùn[24]
對打狗到琅嶠，對貓霧仔光到日黃昏
島嶼的光景，重重疊疊
你，勻勻仔行踏

佇北緯 24 度 8 分 30 秒，你記錄：
Tik-kî-lê[25] 的出海口，金爍爍
（聽講早前東印度公司捌佇遮
孵過大航海時代的黃金夢。你感覺
島嶼的囡仔陣用笑聲烌番薯的氣味
鼻起來，顛倒閣較芳）閣較遠
草埔有兩隻新媽的梅花鹿
麗倒[26]、伶俐，互相擽呧[27]
這片土地的戰士，手攑長銃
腰帶配短刀，傳統的刺面

---

22 貓豹：niau-pà，臺灣雲豹。
23 猴猴社：有研究者認為猴猴社是泰雅族一支，有的認為是南方澳的平
　　埔族。
24 Môo-lí-sùn：摩里遜山，就是玉山。Mt.Morrison是當時外國人對玉山的
　　稱呼。
25 Tik-kî-lê：太魯閣語，今立霧溪。
26 麗倒：lè-táu，漂亮、可愛、清爽。
27 擽呧：ngiau-ti，用手指搔人腋下或腰部使人發癢。

75

代表 Thāi-lóo-koh[28] 的身份
佮勇氣

佇 1858 年 6 月 19 日的日誌
你描寫 Ka-lé-uán[29] 河岸——
Kat-má-lân[30] 的婦女用牽藤草
編做頭鬃箍仔，用弓蕉絲
織成長裙、綁跤布佮檳榔袋仔
個善良、有禮貌，有時講閩南語
有時講母語，有時目睭裼甲大大蕊
直直看你

你知影，時間無可能親像沙牛[31]
會使倒退攄，你嘛知影
菸草、布料佮火銃
干焦會使交換這片土地的
鹿角佮龜殼、獸皮佮木材

---

28 Thāi-lóo-koh：太魯閣族。
29 Ka-lé-uán：噶瑪蘭語，今冬山河。
30 Kat-má-lân：噶瑪蘭族。
31 沙牛：sua-gû，蟻獅。

抑若是島嶼的靈魂、祖先的信息
定著是無法度用科學的方法
來記錄，來分類

（這个島嶼迢遠的傳說佮故事
瘦抽的風，是無才調捘 [32] 倚來聽說
彼款柔軟的心、祭神的歌舞
兇狂的雨，是袂了解其中的詩意）

你會記得踮哨船頭領事館的
最後一工，海風鬱卒
三不五時會來辦公廳行踏
你啉一喙烏咖啡，佇窗邊
無張持想起彼隻個性細膩
生活清閒，袂輸是小神仙的紅跤仔 [33]
如今，是毋是猶芷沢 [34] 的少年款？
另外彼隻逃過刀喙的山豬

32 捘：tau，拉過來、攬過來。
33 紅跤仔：âng-kha-á，藍腹鷴。
34 芷沢：tsínn-tshioh，幼嫩未成熟。

77

是毋是猶閣活跳跳？佇山內硞硞傱？

抑是，已經軟餩餩 [35]，無精無神

覆 [36] 佇暗眠摸的山洞

漸漸變老……

時間毋管安怎跙跤行

辛苦病疼嘛是無奈的重擔

坐佇輪椅的你，頭殼頤頤

身軀已經坦敧 [37]。傍著黃昏

溫馴的日頭光，你

一手寬寬仔撨徙目鏡的角度

一手揢著彼篇論文的初稿——

On a new Bird from Formosa [38]

你發覺：這隻新發現的鳥隻

啼聲響亮，翼股金滑

---

35 軟餩餩的：nńg-kauh-kauh，形容身體疲倦而全身無力。

36 覆：phak，趴。

37 坦敧：thán-khi，形容人身體偏向一側。

38 On a new Bird from Formosa：這篇論文是Robert Swinhoe佇1877年發表
　　的論文，嘛是伊在世最後一篇寫臺灣鳥隻的論文。

就親像少年時的家己
跤跡，行過彼个美麗的島嶼
有時霎霎仔雨，有時
長長的山路

▼

暗光鳥

日曜日式散步者 [1]

我的頭殼

予火車佮公車載到臺中美術館落車

七月時的大日頭臨臨仔 [2] 拍破我的烏目鏡

當當 [3] 回神欲翕 [4] 一張家己的相

昨眠掠入去筆記內的一寡夢境

雄雄對我的 kha báng [5] 拍交落

一隻安達魯之犬跳出來

旋入去有冷氣的展覽場內底

（日曜日式散步者佇燒烘烘的中晝

熱天的中晝是臺南運河邊的玉蘭花

愛唱歌的玉蘭花是水陰萍的詩句

孤單的詩句是古倫比亞留聲機的音樂聲

---

1 寫佇「共時的星叢：風車詩社佮跨界域藝術時代」展覽觀後，展覽期
　間2019/06/29-2019/09/15，國美館。

2 臨臨仔：lím-lím--á，差一點點。

3 當當：tng-tang，正當。

4 翕：hip，照相、拍照。

5 kha báng：皮包、文件箱、手提包。

古早味的音樂聲是壁角思考的一杯冰紅茶
漸漸退冰的紅茶是茉莉牌薰煙中的表情
苦悶的表情是包廂內寂寞的人影
一條長長的人影是日曜日式散步者）

我的身軀

佮半粒蘋果的早頓佮早起的一頂帽仔

綴著火燒的心情走揣有刺激性的幸福

當做是一擺波西米亞人的放浪

關於藝術佮超現實關於風車佮森永喫茶店

親像學習一隻蜂仔安怎予蘋果樹感冒

親像了解一對彩色的翼股安怎變成

驚死人的捲螺仔風

　　（日曜日式散步者佇咖啡芳氣的下晡
　　閒仙仙的下晡是一條長長的人影
　　烏烏的人影背後是沉重的數念
　　日常的數念是弓蕉園的風
　　甜甜的風是大細聲的喝咻
　　黃金色的喝咻是夢中的想法
　　反對想法的想法是自由的靈魂

鮮沢[6]的靈魂是日曜日式散步者）

我的心思
掛佇壁面、藏佇冊中、囥佇玻璃櫥仔內
我的家庭、福爾摩沙島影、釋迦出山
夫人相、白色的空間、臺灣舞曲
自畫相、小小的秘密、臨床講義
色水、角度、清醒的耳空佮目睭
彼隻失蹤的安達魯之犬
已經跳入去壁面的影片當中

　　（日曜日式散步者佇恬靜的暗暝
　　暗暝的落雨聲是文學的 LE MOULIN
　　LE MOULIN 的歷史是閃爍的星光
　　天頂的星光是過去到未來唱袂煞的歌
　　無仝款的歌是曠闊的海
　　闊莽莽的海是另外一種可能
　　可能是時代的一種反抗一種姿勢
　　反抗的姿勢是日曜日式散步者）

6　鮮沢：tshinn-tshioh，新鮮有光澤。

芳味

時間
袂輸是眼前飛過的燕仔
目一䀥
隨無看見

心情
敢若是昨暝的眠夢
茫茫渺渺
講無路來
狡怪的雰霧

一个人
佮二三句躊躇的詩
綴著春天的跤步
行踏公園

轉斡¹ 的時

無張持拄著一陣芳味

彼是風中的花影

抑是記持中

毋甘放捒的

你的長頭鬃

<hr>

1　轉斡：tńg-uat，轉彎。

雨的細節

1.

世界開始思考
家己的目屎
為何予人捆縛牢咧

家己的目屎
按怎有機會
會使自由自在
滴落來

2.

春夏秋冬相連紲
飄撇的語言
一句一句
斟酌

風的心情

3.

親像悲傷的過程
時間消敧袂離
記持一痕一痕
毋敢
落空逝 [1]

4.

遠遠的所在
有戰爭的刣洗
欲來
無張持 [2]

近近的所在
有和平的拆白 [3]

1　落空逝：iàu-khang-tsuā，白走一趟。
2　無張持：bô-tiunn-tî，突然、冷不防。
3　拆白：thiah-pe̍h，挑明。

欲去

無相辭

5.

若像躡跤尾的寂寞

毋敢予人知影

若像目一睏的稀微

礙虐 [4] 講袂出喙

若像魂魄塞鼻

心事鬱卒歹透氣

若像靈魂臭耳聾

聽無世間冷暖的代誌

6.

按算欲繼續戮空 [5]

4　礙虐：gāi-gio̍h，彆扭、不順，令人覺得不舒服。
5　戮空：lak-khang，鑽孔、穿洞。

飽穗的元氣

繼續僥疑

躊躇的代誌……

按算欲繼續損蕩 [6]

憚勢的吩咐

繼續蹧躂

家己的青春……

按算欲按怎

將失神的面腔提提掉

將落魄的人生

吞落喉的時陣……

想袂到有雨聲

規日規暝

潲潲滴……

位天邊滴到我的目睭前

6　損蕩：sńg-tñg，破壞、蹧躂。

位我的目睭前
滴入去心肝內
位心肝內**繼續**
湳湳滴……
規日……
規暝……

是*毋*是猶有故事講袂煞？
是*毋*是猶有燒烙的笑容
溫暖記持？是*毋*是猶有
心肝內落袂停的雨聲
湳湳滴……

拋荒的情批

1. 你的目睭

你的目睭有　雨
無緣無故開始落
親像田嬰長長的翼股
飛佇故鄉田岸的水路
一下晡
攏是稀微的思慕

你的目睭有　火
不管時微微仔燒
親像虎頭蜂無情的刺針
叮著我戀戀的頭殼
日時暗暝
陣陣的痠疼

你的目睭有　星

下昏暗閃閃爍爍

親像火金蛄颺颺飛

飛去無人的世界

家己咧跳舞

你的目睭有　月

現此時安安靜靜

一目瞬煞無看見

親像無講無呾就失蹤的暗光鳥

放我一个人踮遮，繼續等待——

天，光

2. 你的跤步聲佮我的白頭毛

你的跤步聲

是我三更半暝陷眠的原因

躊躇的形影佮秋天的目神

敢若是熟似的月光

夜夜陪伴

這頂

冷清的紅眠床

我的白頭毛
是你年久月深油漆的緣故
沉重的靈魂佮放浪的心情
袂輸是生份的家己
日日等待
有一工
當面
閣再叫著你的名

3. 你的眠夢

所致，你的眠夢
誠有可能存在
百百款
無仝款的色水

若毋是心內的窗仔門

關絚絚 [1]
外口，光佮影搬演的戲齣
哪會感覺
靜悄靜悄

若毌是現此時
落著霎霎仔雨
過往的情景
哪會親像山頂的雰霧
杳杳仔淡開
我的心事

毌管是驚惶的跤步
或者是冷靜的手路
攏應該閣縫
走揣另外一種
焐印佇記持中的
心聲

1 絚：ân，緊。嚴密，不放鬆。

所致，誠有可能
你的眠夢
存在百百款
無全款的色水

四季

1. 春天面色

櫳仔外　鳥聲
歡喜走江湖

東風　使目尾
花蕊微微仔笑

雲尪做伙　飄撇
明仔載繼續流浪

愛情啊　青春
綿死綿爛[1]

1　綿死綿爛：mî-sí-mî-nuā，死心塌地，堅持到底。

2. 熱天發癀

生活傷　焦燥

日頭喙焦

中晝　哈唏

心情睏袂去

風景貧惰

遊覽　小歇睏

代誌中間

應該　啉一杯茶

3. 秋天界址

焦黃的喘氣聲

是草埔的　風

烏趖趖的暗暝

是時間的　湧

思念的配色
是曠闊的　海

雞啼進前
是驚惶的　夢

4. 寒天祕密

愛情寄付的誓言
有人毋敢拍開

孤單老人的尾站
親像磅空無日頭

病疼的折磨
無張持就聳鬏[2]

2　聳鬏：tshàng-tshiu，鬍鬚聳起來或蓬亂。引申為囂張、逞威風。

生疏的日常
日日搬演熟似的角色

我會記得

我會記得十六份
這个舊地名
有熟似的形影
位磅空彼頭做伙
行來青春這搭

無疑誤
是愛情的美麗
保留這段
拋荒的老車站

我會記得三義
彼个下晡
你講我是欠人開破的
柴頭尪仔
感情像粗坯

心思無夠幼路

彼陣小可仔有雨
滴落這條必巡[1]的山路
我這副重重厚厚的目鏡
安怎攏看袂清楚
你這尊
觀音的面腔

我會記得南庄
彼个暗暝
火金蛄飛來山跤
走揣童年
囡仔陣的喝咻聲
佮我的目睭相閃身
一越頭
只有油桐的花影
佇山坪
微微仔笑

---

1 必巡：pit-sûn，龜裂。

笑聲招來月娘婆

月光焰入門窗

佮我做伴看你

看你的長頭鬃像溪水

慢慢仔流入我的心肝內

唱歌

海湧

繼續行
只有海湧的聲
毋知是咧唱歌
抑是咧講話

早起的天
佮雲

漁港的人
佮船

斷枝斷節的水流柴
佮我

有時是想著較早
有時是想欲袂記得過去

心內的海湧
嘛咧講話
嘛咧唱歌

想欲挽回的故事
想無清楚的代誌
比這片大海閣較開闊

繼續慢慢仔想
繼續行

毋通停跤

暗光鳥

暗光鳥愛寫詩

伊有一支神祕的鎖匙

若是月娘睏袂去

孤單一个

行到遠遠的天邊

伊就暗暗仔拍開靈魂的鎖頭

展開翼股放膽飛

飛去全世界上懸上懸的樹尾

變做一粒星

陪伴天頂彼蕊含水的目睭

透暝

相思

暗光鳥愛寫詩

伊愛落雨的暗暝

家己徛踮簾簷跤恬恬仔聽

聽沓沓滴滴的雨水

按怎唱出放冗[1]性命的歌聲

按怎喱出心內擫貼[2]的代誌

按怎霧[3]出一字閣一字

詩句的珠淚

按怎傍這杯烏咖啡的苦味

濟少來安慰青春的時陣

彼段糖甘蜜甜

失蹤的記持

暗光鳥愛寫詩

有時日子拖棚閣死趖[4]

思路頓蹬[5]袂輸是斷橛的樹枝

伊講彼時

靈感是一坵拋荒的田園

一粒果子都無生

1　放冗：pàng-līng，放寬、放鬆。

2　擫貼：iap-thiap，形容一個地方人煙罕至，或者較為隱密。

3　霧：bū，指口中先含液體再將其噴出。

4　死趖：sí-sô，動作遲鈍不活潑，做事情慢吞吞。

5　頓蹬：tùn-tenn，暫停腳步、暫時停頓。

好佳哉一隻貓咪笑微微

無聲無說行過來伊跤邊

不止仔溫柔體貼的心意

直直搔呧[6]

有人問伊：為啥物寫詩？

何乜苦創治家己？暗光鳥無要意

三更半暝，安安靜靜

佮一葩電火做伙

伊相信：若是有一日

性命焦蔫，親像葉仔徛黃

墜落塗……

死——

嘛是一種值得囂俳[7]的婿氣

6　搔呧：ngiau-ti，用手指搔人腋下或腰部使人發癢。

7　囂俳：hiau-pai，囂張。

時間

所以，時間是按呢
毋捌騙過人
拍損的彼日
無可能閣相會

毋過，時間嘛按呢
無講無呾
行對頭前去
一寡記持，恬恬仔
囥佇心內

所以，咱是按呢
目睭金金
看鏡中的頭鬃
無聲無說，變作
山頂的白霧

毋過，咱嘛按呢

耳空重重

胸坎實實 [1]

據在 [2] 時間一直來

一直來創治 [3]

1　實實：tsát-tsát，裝滿、塞滿的樣子。
2　據在：kì-tsāi，任由、任憑。
3　創治：tshòng-tī，捉弄、欺負。

所在

所在
發生真濟代誌
無疑悟
南方的你
愛寫詩

你講：所在
若是親像大海這陣
恬靜恬靜
人生就毋免閣妝娗[1]

你講：所在
若是親像山崙這般
青蘢蘢
心情

1　妝娗：tsng-thānn，化妝、打扮。

自然就轉斡
跤步
自然就押韻

所在
雖罔干焦一粒星閃爍
我想，你袂講伊稀微
因為有光的所在
就有意志

你永遠佇遮
佇這个所在
親像庄跤孤一間的冊店
存在的理由
就是飄撇的勇氣

順你的目睭看過去
河溪已經橫袚 [2] 佇天穹 [3]

2　袚：phua̍h，披、掛。
3　天穹：thinn-kiong，天空。

是三更？抑是半暝？

你，猶原

佇這个所在

繼續寫詩

▼

暝後的露水

箛仔聲——寫予黃土水《番童》

箛仔聲，一聲一聲，對深山林內
山童的鼻空，歕出島嶼的身世
傳統的聲調佇總督府的目尾剾風
淋雨⋯⋯故鄉的面模仔有時熟似
有時生疏

（佇懸懸的所在，日頭慣勢裼腹裼
你裼赤跤，雙手發光，雕塑——
夢想：僥疑佮想法佇高砂寮
走相逐）

記持跟綴箛仔聲的嘹拍，拍拍 [1]
聲音是一陣一陣的古早味，親像
透早舊曆的灶跤，有煁糜的芳氣

1　拍拍：phap-phik，打節拍。

無論帝國的門簾搝 [2] 佫峇 [3]，世界的窗仔

關佫絚⋯⋯踮人想像的氣味

猶原，無法度遮閘 [4]

（佇大稻埕的軟晡，你的心情

是搖搖晃晃的搖笱 [5]，勻勻仔押韻

韻味，是無意無意的風

有時知影，有時失蹤）

笛仔聲，一聲一聲，趘過島嶼的山嶺

歷史的寫實主義佇時代滾絞

藝術的形佮影，借著心內的聲

繼續歕出──家己的歌

---

2 搝：khiú，拉扯。
3 峇：bā，密合。
4 遮閘：jia-tsàh，遮掩。
5 搖笱：iô-kô，搖籃。

暝後的露水———寫予黃土水《甘露水》

你是謎，覕佇時間的雺霧當中
無人臆會著歷史的祕密，這陣
藏佇佗位

慈悲的，光——軁過時代的磅空
照著百年前的光榮，看一粒柔軟的心
按怎雕塑：堅強的意志

身世佮過程、命運佮完成
親像暝後的露水
遐爾故事閣遐爾自然

你的頭鬃髻[1] 梳成時代的湧
夢佮愛，綿爛纏綴；你的目睭是海
出日的時，拋碇的大船就欲起航

---

1 髻：kuè，盤結在頭頂上或挽在腦後的頭髮，有各種形狀。

你的雙手，拍開心內的窗
拍開家己的向望，拍開
眾人的想法

眾人的想法就是文化的自覺
將近半世紀，你，委屈佇烏暗世界
是島嶼的傷？抑是張醫師的疼？
真有可能，攏是黃土水
料想袂到的代誌

錯失、誤解、無奈⋯⋯
連結、走揣、等待⋯⋯
蚶仔[2] 精也好，觀音化身也好
世間的紛擾，漸漸恬靜⋯⋯
佇你 重新出世，見光的
彼目䁪

---

2 蚶仔：ham-á，蛤蜊、文蛤。

天一劃——寫予黃清埕

「高千穗丸」載著你的夢
向島嶼的港垺勻勻仔駛去

你的心事
起波
一湧揀一湧……
你的夢
比風湧閣較激動
想像的層次
袂輸是海湧滾絞
一波綴一波……

你的愛人佇船頂
彈你愛聽的曲
水泱泱開
一巡閣一巡

拖長
記持的皺痕

天頂的雲
充滿藝術的造型
你感覺家己
手尾的溫度
比日頭公閣較熱情
明朗的世界
青春的向望
攏佇海的彼頭
等待

等待美滿
等待幸福
等待無血無目屎的歷史
會當小可仔囥縫
看你
雕塑人生

無奈何[1]的現實

是無理的戰爭

是千算萬算算袂著的結局

親像你綿爛創作的彼件作品

如今，猶原下落不明

親像事事項項

安排甲按怎周至

按算甲如何佮意

嘛是丟丟輸予天……

輸予天一劃

1　無奈何：bô-ta-uâ，無可奈何、不得已。

花開，有聲——寫予林玉山《蓮池》

斟酌看：有幾尾魚仔小可仔著生驚
一隻白翎鷥，目睭金金，跤底輕輕
踏入 1930 年，熱天的蓮花池
水泱，一輾一輾，渙開故鄉的芳味
親像島嶼的記持，拄拄好，清醒

詳細看：遮毋是 Monet 的花園
水面，有貓霧仔光反射牛稠山昨暗
紅塗的眠夢。青金、赤金、水色金
一筆一筆，開始釘根家己的夢想
一畫一畫，彩繪桃城美麗的形影

有看著無？畫面外口，猶有
幾粒星，閃閃爍爍，敢若是
蓮葉頂面搖來搖去的凍露水
日頭若出來，漸漸失蹤去

有聽著無？遠遠彼爿，有風
輕輕仔咧唱歌，風景的面色
就按呢，精神起來

有想著無？若是彼條溪水
對時間的水頭沓沓仔流到水尾
是毋是有一寡心悶，已經變作是
故事的一部份？是毋是
有一寡向望，已經蓮花化身
變作一蕊閣一蕊的雲尪，飛去
曠闊的天頂，飄撇

飄撇的色水貼印佇蓮池的水面
一个少年家，安安靜靜，坐佇樹跤
寫生。世界嘻嘩，伊知影——
總嘛是有恬靜的所在，佇心內
親像天光了後，土地清醒
就會聽著：花開，有聲

家己——寫予陳進

「一个人會當予家己變成家己，比啥物攏閣較重要。」
～ Virginia Woolf（1882-1941）

1.1925 年，基隆港，彼蕊水藍色的目晭

十八歲，徛佇基隆港的大船頂
向熟似的故鄉沓沓仔撼手
身邊的大皮箱貯滇卡桑多桑的向望
佮鄉原古統先生的鼓勵

夢想，是頭前一片闊閣閣的大海
閣過去彼个新世界
海風親像青盲牛
黑白喝咻，四界亂傱
心情敢若天頂的雲尪
有時淺淺，有時厚厚
漂洋過海的日子

毋知是順風，抑是摺風？

眼前，雨水微微
落袂煞……
越頭，故鄉的山嶺
已經霧霧，看袂清

茫茫渺渺的心事
可比是昨暝
厝尾頂的月光
恬寂寂，行過
彼頂睏袂去的紅眠床
失眠。
失眠，是一款掛念
是一款放袂落

十八歲的目睭
大蕊大蕊金金相
水藍色的基隆港，再會
囡仔時代的牛埔庄，再會

有一日，伊會畫出
查某人——
彼个藏佇心內的
家己

2.1934 年，屏東高女，色水的生涯

「人，要有家己的色水」
伊講這是誠簡單的道理
佇 1934 年的屏東高女
（伊徛佇彼棟舊紅樓的畫室內底
用日語摻著臺語
大聲共遮的學生囡仔按呢講）

雖罔東京櫻花佇空中飛舞的景緻誠媠
伊猶原決定轉來臺灣教冊，來到上南爿
教學生囡仔按怎素描按怎認真對待家己
性命中的意象

伊，欲用家己的例向歷史證明：
查某人的前途毋是無尾巷

查某人的愛佮熱情嘛是有才調
焰光，時代的新出路

佇伊的心目中
總是有一幅圖
溫暖和氣，親像
好日，花開的時
安安靜靜，恬恬淡開
家己，靈魂的芳味

老先覺——寫予黃海岱

堅持

就是一種嬌氣

伊用一生演出兩世紀

講袂了的故事佮傳奇

伊的手中

角色是千萬千

伊的腹內

劇本是仙拼仙

伊請尪仔佇舞台頂解決

歷史的恩怨

結果

就交予觀眾去留戀

問伊是何方的神聖

來做頭手師
伊恬恬無講話
只是運氣拍拳笑哈哈

問伊按怎長歲壽
伊講：我只不過是──
骨力喘氣

廟前好戲照起工
謝神扮仙閣演戲
出將
一尊細身[1]的老先覺
出現幕前
入相
一位大身的老先覺
覘佇幕後

1　身：sian，量詞，計算人或戲偶、神像的單位。

苦旦——寫予廖瓊枝

海面的皺痕綴著波浪的跤步
一巡一巡，走揣昨暝
茫茫渺渺的眠夢
親像走揣彼个袂赴相辭的囡仔
時代，早早就已經位宜蘭的舊港出帆
消失佇龜山島
面色歹看的海面

一擺遊覽的意外是誰人作怪
誰人詛咒？命運總是反面
無常。無情的爍爁，雄雄
裂開，伊，佮娘親
一生的緣分

緣分是風中走傱的雲蕊
二十年才拄會著——爹親

的背影。好親像花開

毋對時

人講：父母沒聲勢，送团

去做戲。伊無怨嘆，伊知影

散赤[1]，是伊細漢的名

世事冷冷清清

敢若枝仔冰

好佳哉閣有阿公阿媽

相依為命

命底的哀愁踏著繡花鞋

走箍世間

可能出世註定欲來做歌仔戲

青春，是鑼鼓聲做伴

是三年四個月的跤步手路

起鼓了後的戲齣

親像舞臺頂賞袂了的紅紙，貼佇

1　散赤：sàn-tshiah，貧窮、窮困。

伊的肩胛頭
永遠無法度煞戲

英台、寶釧佮桂英……其實攏是
替身，替伊講出一句閣一句的
人生：痿痿疼疼的口白
一世人的七字仔，時常搵鹽
吞落腹內，再閣沓沓仔唱出
鹹篤篤澹糊糊的心情

你敢聽會出來？這首
觳嗾的哭調仔，雖然吼[2]袂出聲
毋過聽起來比霆雷公閣較大聲
這首觳嗾的哭調仔，摻雨水
刺入觀眾的骨頭，親像一蕊
含淚的牡丹，恬恬，佇風中
怨感

2　吼：háu，哭泣。

你敢聽會出來？這首
觳觫的哭調仔，猶有一寡
薄縭絲的願望，猶有
圓滿的可能。這首
觳觫的哭調仔，雖然悲傷
總嘛有溫柔的向望
總嘛有祈禱佮光明

大幕將開，故事無變
全款用粗口來發聲，搬演
凝血的寂寞，烏青的戀夢
全款用含蕊指收好心事
全款用蓮花步踩踏江湖
全款是苦旦
是伊，流浪的靈魂
是舞臺頂、戲棚跤
猶未完成的──
幸福的角色

消息——讀呂赫若日記、作品有感

聽講，一寡消息，已經漸漸失蹤去
有人，對昭和時代重新來揣起……
彼陣，一位少年家，定定徛佇臺中
的中央冊店。目神釘根佇手頭內彼本
《資本主義的詭計》，思想開始揣伴
不時佮《中央公論》、《改造》來焐燒

有風，微微，吹過伊的倒手爿
吹過伊的烏頭鬃，吹過伊的青春
吹入去師範學校，彼間
伊捌大聲唱著《波希米亞人》的鋼琴教室
響亮的歌聲愈唱愈有味，親像伊寫的
第一篇小說──〈暴風雨的故事〉
愈寫愈佮意

佮意文學嘛佮意音樂，佮意世界
天懸地闊，會使唱出性命中的元氣

唱出家己，奢颺的夢想。夢想
加入東京東寶劇團，夢想人生
猶有另外一个，無疑悟的舞臺

舞臺頂，伊是穿插擎紮[1]的歌手
佇故鄉，演唱江文也《阿里山組曲》
舞臺跤是挨挨陣陣[2]的毛斷[3]少女
不時喍喝咻，痴迷的目睭
可比是臺北公會堂外口的天星
閃爍袂停

我的心情，全款，閃閃爍爍
佇每一暗，掀開每一頁
伊寫的彼本──《當用日記》
一寡消息，出現伊的影跡
譬論伊的日常、伊的心事
譬論伊的怨嘆佮向望，以及種種
時代的記持……

---

1 擎紮：pih-tsah，形容服飾衣著整齊鮮麗。
2 挨挨陣陣：e-e-tīn-tīn，摩肩接踵、擁擠雜沓。
3 毛斷：mô͘ng-tńg，摩登、時髦、流行，是外來語。

日時、暗暝，我斟酌揣

伊的江湖佮風聲、聚會佮想法

身份佮《光明報》……

一寡消息，嘛是略略仔會痛疼⁴

一寡消息，可能小可仔有重耽⁵

生活，有時風頭水尾，有時

清秋冬夜。有時，生活

就是伊寫的彼台牛車

風雨中儼硬⁶上崎，恬恬，一直行

是講，誠濟伊的消息，已經是謎

誠濟代誌，永遠是難題

親像創作、戲劇，發現婿的事物

親像路線、局勢，無仝款的語言

親像家庭、情人，心內話……

4　痛疼：thàng-thiànn，疼痛。疾病、創傷、疲勞引起的難受感覺。
5　重耽：tîng-tânn，事情出了差錯。
6　儼硬：giám-ngē，堅強。硬朗。

有一種姿勢——寫予黃勁連

若是暗暝月娘倒鉤
冷風不時削樹成箭，射著
孤單的人影……

若是孤單的人影
夜夜咧陷眠，青春
已經佇夢中咧厭氣[1]

若是歷史的跤頭趺[2]
勻勻仔抽疼……
若是思念故鄉的心
漸漸仔咧發炎……

你講：不如轉去，轉去潭仔墘

---

1 厭氣：iàn-khì，形容人怨嘆、不平的情緒。
2 跤頭趺：kha-thâu-u，膝蓋。

理想佮大海仝款澎湃
佇五府千歲庇佑的所在
放膽文章拚命酒
大聲來喝咻，大力拍鑼兼挕鼓
搖醒土地，振動夢

夢振動，日頭拄好
適合曠闊的土地掖種歌詩
向望在地的氣味，淡開
文學的新風景

踮佇鹽分地帶，你講：
有一種堅持叫做行咱的路
有一種姿勢，會當聽著──
江湖的呵咾

形影——寫予陳冠學

秋風巡過大武山跤的田庄

鳥聲佮菜瓜湯全款甘甜

番薯糜佮舊冊全款清芳

思想親像逐工早起

遐爾清醒

厝邊隔壁是田園是野草

西北雨的個性

直來直去

靈魂遐爾瘦抽閣遐爾硬掙[1]

拒絕

佮一個無熟似的世界做伙

牛車頂真[2]

---

1 硬掙：ngē-tsiānn，衣物硬挺的樣子。身體硬朗的樣子。
2 頂真：tíng-tsin，做事認真細心，毫不馬虎。

行佇農村的小路

貓仔趴佇門跤口

親像猶閣咧想昨暝

老莊講過的話

厝角鳥仔愛吵愛相諍

好佳哉

風常常會去排解

楊桃番麥若有婿

一工的元氣就飽滇

汗水若是滴落塗

土地就有家己的氣味

穡頭若做煞

坐佇樹跤

看遠遠彼粒山

風景

自然就有夢想的色水

月娘

逐暝攏無仝款面

溫柔猶原袂改變

讀冊佮散步……

寫作佮種作……

伊的形影佮故鄉的記持

跟綴時間的跤步

繼續

抽

長

▼

光俗影的記持

秋清矣……

倪蔣懷｜《鳳山曹公祠》｜水彩｜紙質｜23×33cm｜1922

秋清矣……
你敢有聽著水聲？
佇涼爽的季節唱歌
你敢有聽著風聲？
微微，對心肝穎仔
吹過

有風吹過……
吹過記持，親像樹尾的黃葉
一葉一葉，恬恬仔
飛落地，無講無呾
飛落地，叫醒
咱的土地

佇咱的土地，有神
看顧未來，有人

心悶過去

秋清矣……
廟祠看起來有新款的古意
親像樹跤泡茶的序大
開講的心情
苦甘苦甘

雲，走去佗？

張啟華｜《旗后福聚樓》｜油彩｜畫布｜79×98.5cm｜1931

雲

有的走去廖繼春的畫

有的佮鄉親講話

賭的，酒醉矣

無張持走去──

挤

挤福聚樓的歷史

鹹鹹，洘洘[1]

牢佇菜店的外壁

天色青青

親像這个時代

人的心

（船帆若恬靜

1　洘洘：khó-khó，液體濃稠。

風，就毋通閣喝咻）

量約是熱天的軟晡
薄縭絲的風
吹過旗后的海邊
吹過轉彎的舊街頭
拄著門口埕
一尾一尾
曝日的烏魚

有笑聲對門口行出來
呵咾菜色佮小姐攏真婿
門口的瓜笠
徛咧、躘咧、跍 [2] 咧
目睭金金，斟酌：
海邊，黃昏的色緻

---

2 跍：khû，蹲。

火車站的目睭

廖繼春│《有椰子樹的風景》│油彩│畫布│78.5×98.4cm│1931

椰子樹的手
想欲掠天頂滾滾颺颺的雲
親像塗跤這條路
拄咧楦闊帝國主義的
美夢

這个世界的耳空
敢聽有樹佮風的對話？
這个世界十花五色的人
對身邊來來去去
定定錯過眼前
上好的日頭光

日頭光
是老朋友紮來的伴手
記持攏有留一寡涼爽的故事

予噴水池寫詩、唱歌
予樹跤納涼的人，開講
歡喜

火車站的目睭
看過這个世界的面色
按怎青恂恂[1]，按怎紅記記
火車站的目睭
了解這个世界的心思
按怎齷齪[2]，按怎澄明

火車站的目睭，總是
知影：這个世界的風景
最後會恬靜恬靜，佇未來
彼个遠遠的所在

1　青恂恂：tshenn-sún-sún，指因為受到驚嚇而使得臉色發青、蒼白。
2　齷齪：ak-tsak，心情鬱悶、煩躁。

情份

小澤秋成｜《壽山散步道》｜油彩｜紙質（光批）｜ 9×14cm ｜ 1933

一手擎傘
一手牽你
行，慢慢仔行
每一步攏是咱
母仔囝的
情份

親像樹木的致蔭 [1]
鳥仔呼集、鳥仔歇蔭
親像大海的包容
船隻跟綴、船隻迌迌

帶念 [2] 山有家己的路
帶念曆有逐家的夢

---

1 致蔭：tì-ìm，庇蔭、庇護。
2 帶念：tài-liām，體念、顧念。

咱母仔囝就慢慢仔行

陪伴滿天的

紅霞

保庇

宋世雄｜《代天宮》｜水彩｜紙質｜40×54cm｜1956

佇廟前埕斗
彩色人間的和諧
親像這陣的日頭光
溫暖，袂鑿目

「行，綴阿母來去拜拜」
手牽手，是虔誠的愛

光
照佇石磚，照佇龍柱
照佇每一个信徒的
心內

保庇平安，保庇順序
保庇四季，風調雨順
無代誌

事事張持，項項細膩
艱苦罪過，全全化解
消失去

軟晡

詹浮雲｜《愛河餘暉》｜膠彩｜紙質｜91×121cm｜1963

季節無聲，光佮影
聊聊仔推揀、撨徙
這是好天的軟晡

啥物步數抑是鈍角
啥物趁著抑是失去
已經毋免閣要意

恬靜的河面
已經準備收束
一日的攪吵

遠遠的大樓
遮閘一寡日頭光
岸邊，一个人
可能是欲行轉去舊厝的款

舢舨仔靜悄靜悄
勻勻仔駛去，駛去
故鄉的夢中

聽候

洪傳桂│《高雄舊城北門》（拱辰門）│水彩│紙質│39×55cm│1977

恬恬聽候[1]
風。躊躇的目神
行佇時代的塗沙路
走揣記持

恬恬聽候
雨。延延[2]的心內話
無聲無句
千斤重

恬恬聽候
日頭光。樂暢的樹影
挈壁堵
命運據在天安排

1　聽候：thìng-hāu，等候，等到某個時候。
2　延延：iân-tshiân，延遲。

恬恬聽候

月暗暝。故鄉的情人

一對，手牽手

行過百年的城門

黃月娘

蔡水林｜《月夜》｜水彩｜紙質｜57×77cm｜1982

一日，六千兩百个
念頭，到尾
攏親像月世界的尾頭山[1]
寸草，不生

佇這个充滿殕色佮藍色的天地
黃月娘
是一粒圓滾滾的詩
金鑠鑠，焲出一條路
焄領咱的心
繼續行

咱是草，是風

1　尾頭山：khut-thâu-suann，寸草不生的山。

是鬥陣的人影

是一支一支的電火柱

牽手做伴

繼續行

黃昏的故鄉

陳文龍｜《高雄港》｜水彩｜紙質｜42×56cm｜2007

黃昏的故鄉
天佮海比賽
誰的面目較迷人

黃昏的故鄉
雲，有浪陪伴
船，有燈塔看顧

貨輪看起來真好性地
寬寬仔行過哨船頭

柑仔色的海港
是一首溫馴的詩
岸，嘛規矩
山，嘛歡喜

記持的溫度

林智信 | 《美濃菸樓》| 油彩 | 畫布 | 38×45.5cm | 2010

掀——
時間的相簿
翕著一間一間
記持的溫度

一寡細節藏佇草堆
兩隻好玄[1] 的雞鵤[2]
斟酌咧翻揣

有煙飛過
飛過無人講笑的簾簷跤
飛過美濃青春的田園

有風吹過

1　好玄：hònn-hiân，好奇。
2　雞鵤：ke-kak，未成熟的公雞。

吹過好天的軟晡

吹過拋荒的小路

時間你莫閣諍

代誌，現拄現就是按呢

樹欉不止仔茂 [3]

厝體不止仔荏 [4]

記持不止仔燒

3　茂：ōm，草木繁盛的樣子。
4　荏：lám，形容身體虛弱，沒有元氣。

作品發表出處

輯一 · 所在

輯二 · 暗光鳥

軟晡──詹浮雲《愛河餘暉》　　　　2022 書寫高雄文學創作獎助計畫作品

聽候──洪傳桂《高雄舊城北門》（拱辰門）2022 書寫高雄文學創作獎助計畫作品

黃月娘──蔡水林《月夜》　　　　　2022 書寫高雄文學創作獎助計畫作品

黃昏的故鄉──陳文龍《高雄港》　　2022 書寫高雄文學創作獎助計畫作品

記持的溫度──林智信《美濃菸樓》　2022 書寫高雄文學創作獎助計畫作品

聯合文叢 744

所在——黃明峯臺語現代詩選

作　　　者／	黃明峯
發　行　人／	張寶琴
總　編　輯／	周昭翡
主　　　編／	蕭仁豪
編　　　輯／	林劭璜
資 深 美 編／	戴榮芝
業務部總經理／	李文吉
發 行 助 理／	詹益炫
財　務　部／	趙玉瑩　韋秀英
人事行政組／	李懷瑩
版 權 管 理／	蕭仁豪
法 律 顧 問／	理律法律事務所 陳長文律師、蔣大中律師

出　　版　者／聯合文學出版社股份有限公司
地　　　　址／（110）臺北市基隆路一段 178 號 10 樓
電　　　　話／（02）27666759 轉 5107
傳　　　　真／（02）27567914
郵 撥 帳 號／ 17623526 聯合文學出版社股份有限公司
登　記　證／行政院新聞局局版臺業字第 6109 號
網　　　　址／http://unitas.udngroup.com.tw
　　　　　　　E-mail:unitas@udngroup.com.tw

印　刷　廠／沐春行銷創意有限公司
總　經　銷／聯合發行股份有限公司
地　　　　址／（231）新北市新店區寶橋路235巷6弄6號2樓
電　　　　話／（02）29178022

版權所有 · 翻版必究
出 版 日 期／ 2024 年 6 月　初版
定　　　價／ 300 元

Copyright © 2024 by MING-FENG HUANG
Published by Unitas Publishing Co., Ltd.
All Rights Reserved
Printed in Taiwan

國｜藝｜會　NCAF　本書獲財團法人國家文化藝術基金會出版補助

ISBN 978-986-323-618-4（平裝）
（本書如有缺頁、破損、裝幀錯誤、請寄回調換）

國家圖書館出版品預行編目資料

所在：黃明峯臺語現代詩選 / 黃明峯著 . -- 初版 . --
臺北市：聯合文學出版社股份有限公司 , 2024.06
176 面；14.8×21 公分 . --（聯合文叢：744）
ISBN 978-986-323-618-4（平裝）

863.51   113008276